L'ANGÉLUS *de mon voisin* *sonne l'heure* DE L'AMOUR

LOUISE PORTAL

L'ANGÉLUS *de mon voisin sonne l'heure* DE L'AMOUR

HURTUBISE
HMH

Catalogage avant publication de Bibliothèque et Archives nationales du Québec et Bibliothèque et Archives Canada

Portal, Louise

L'Angélus de mon voisin sonne l'heure de l'amour

ISBN 978-2-89428-987-7

I. Titre.

PS8581.O745A78 2007 C843'.54 C2007-940645-9
PS9581.O745A78 2007

Les Éditions Hurtubise HMH bénéficient du soutien financier des institutions suivantes pour leurs activités d'édition :

- Conseil des Arts du Canada
- Gouvernement du Canada par l'entremise du Programme d'aide au développement de l'industrie de l'édition (PADIÉ)
- Société de développement des entreprises culturelles du Québec (SODEC)
- Programme de crédit d'impôt pour l'édition de livres du gouvernement du Québec

Illustration de la couverture : *L'église de l'Angélus* de Charles Émile Jacque, 1859.
Maquette de la couverture : Marc Roberge [Kinos]
Maquette intérieure et mise en page : Martel en-tête

Éditions Hurtubise HMH ltée
1815, avenue De Lorimier
Montréal (Québec) H2K 3W6

Librairie du Québec/DNM
30, rue Gay-Lussac
75005 Paris FRANCE
www.librairieduquebec.fr

ISBN : 978-2-89428-987-7

Dépôt légal : 2e trimestre 2007
Bibliothèque et Archives nationales du Québec
Bibliothèque et Archives du Canada

Imprimé au Canada
www.hurtubisehmh.com

À Pierre.
Pour l'inspiration de ces saisons.

DE LA MÊME AUTEURE

Où en est le miroir?, pièce de théâtre en collaboration avec Marie-Lou Dion, Montréal, Éditions du Remue-Ménage, 1980.

Jeanne Janvier, roman, Montréal, Libre Expression, 1981.

L'Enchantée: récit d'une quête, roman, Montréal, Québec Amérique, 2001.

Portal en chansons, recueil de poésie, Trois-Rivières/Pantin, Les Écrits des Forges/Le Temps des Cerises, 2001.

Cap-au-Renard, roman, Montréal, Hurtubise HMH, 2002.

L'Actrice, roman, Montréal, Hurtubise HMH, 2004.

Les Mots de mon père, Montréal, Hurtubise HMH, 2005.

Ce qui remuait en lui
semblait n'avoir rien à faire
avec les choses accomplies ou à entreprendre
dans l'immédiat.
C'était une fébrilité intense,
mais sans objet apparent.
Peut-être qu'en lui un lointain accomplissement
commençait cette nuit à prendre vie.

GABRIELLE ROY

Au milieu de l'hiver,
j'ai finalement appris que j'avais en moi
un invincible été.

ALBERT CAMUS

L'été se montrait précoce. Nous étions à la mi-mai et c'était déjà la canicule. Mon mari et moi revenions d'un Salon du livre en région, le dernier après une saison littéraire fort occupée. La période estivale s'annonçait déserte. Rien à l'horizon. Il m'avait glissé à l'oreille:

Une saison pour écrire…

De retour en notre sanctuaire, nous avions repris l'un et l'autre notre routine quotidienne, mais sur un rythme de vacances. Après le lever plus tardif et la baignade au lac, chacun s'installait dans son espace pour ce moment béni du jour: nos heures d'écriture matinale. Mon compagnon était passablement en avance sur moi. Son nouveau manuscrit comptait déjà quelque cent quatre-vingts pages. Un roman qui retraçait l'histoire d'une amitié: deux hommes marchent et se racontent. Rencontre de deux vies opposées et semblables à la fois. Partage, intensité du parcours de l'un et de l'autre, profondeur des échanges. Chaque jour, il me fait la lecture des pages qu'il vient d'écrire. J'ai le privilège de marcher avec eux. Témoin, je les écoute dévoiler les méandres de leur existence. Je me sens privilégiée d'assister à la naissance de ce nouveau livre.

De mon côté, j'hésitais. Je jonglais avec différents sujets. Mon directeur littéraire m'avait bien lancée sur quelques pistes : parmi celles-ci, écrire une suite à mon histoire gaspésienne parue quelques années plus tôt. Je n'arrivais pas à me sentir interpellée. Il ne serait pas étonnant qu'un jour j'aille à nouveau puiser en cette contrée sauvage l'inspiration d'un autre roman, mais pas maintenant. Une autre fois au téléphone, il me souffla : « Tu n'aurais pas en réserve une belle histoire d'amour ? » Quelques semaines plus tard, je commençai à écrire. Il avait suffi que je regarde autour de moi. Une histoire s'esquissait déjà qu'il me fallait comprendre.

Il y a souvent plus de vérité entre les lignes d'un roman que dans la vie elle-même. Le défi de l'écrivain est d'en révéler l'étrange complexité.

PREMIÈRE PARTIE

Une saison pour écrire

Mai

Une épaisse couche de nuages assombrit le paysage, faisant disparaître momentanément la montagne bleue. Je reviens d'une tournée littéraire. J'ai été absente presque un mois, vingt-sept jours exactement. Un chagrin me taraude depuis mon départ des Bergeronnes, petit village sur la côte nord du Saint-Laurent. J'y ai séjourné, il y a deux ans, en compagnie de mon cher amour, pour participer à une fort sympathique Fête du livre.

Cette année, j'y suis allée sans lui. Et ce retour de voyage, au début de la belle saison, fait ressurgir douloureusement son absence. Désormais, je vis toute seule dans notre magnifique propriété sise au cœur d'une forêt, avec vue sur la montagne et la vallée de l'Homme de l'Est. Cette maison, que nous avons construite, est devenue mon cloître, depuis le décès de celui qui a enchanté mes jours. Veuve depuis un an, je me réfugie dans une vie solitaire, discrètement entourée de quelques rares voisins.

Ce qui se profile dans les jours à venir ? Retrouver la maison trop vaste, silencieuse, et parler à voix haute ; habitude que j'ai adoptée pour échapper à l'ennui et l'isolement. Je papote ainsi avec les objets, les animaux, la nature et bien sûr avec mon compagnon disparu.

Cher amour, je reviens chez nous et j'ai peur de ne pas t'y retrouver. Seras-tu là pour m'accueillir dans le silence de nos mots ?

Je baisse la vitre de la voiture pour humer l'air : les pommiers en fleurs raniment momentanément mon cœur endeuillé. Le vent chaud ébouriffe ma tête de gitane, j'aime cette chevelure sombre sur mes épaules frêles, ce corps pourtant robuste et ferme. Je n'ai pas le choix de prendre soin de moi. Je m'active. Au fil des années, mon cher amour a créé des aménagements rustiques, où poussent des bouquets de fleurs sauvages entre des murets de pierre sèche. Mais il faut tout de même, à l'automne, ramasser les feuilles mortes, vider l'eau du bassin devant la maison, fermer la fontaine aux oiseaux. Au printemps, faire des fagots avec les branches cassées durant l'hiver, planter, restaurer, continuer d'embellir notre « sanctuaire ». C'est ainsi que nous avons nommé ce lieu, où nous avons vécu des jours heureux. Nous partageons encore notre vie en dépit de son départ. Cet écrivain que j'ai aimé ne m'a jamais véritablement quittée. Je reconnais sa présence partout, au cœur de cette maison cachée au bout du chemin, dans la contemplation de la vue magnifique, dans le silence de cette forêt qu'il appelait sa « chapelle ». Il allait s'y réfugier presque chaque matin, à la belle saison, pour écrire.

La piste cahoteuse qui mène à la maison me sort de ma rêverie mélancolique. Le dégel a creusé de nombreux nids-de-poule dans la terre battue. Je ralentis pour admirer le paysage en effervescence. Visiblement, les pluies ont été abondantes ces dernières semaines. Les arbres sont en pleine feuillaison alors que sur la côte nord on voyait encore des traces de neige. Notre chemin est déjà bordé de fougères qui penchent la tête et mon petit lac frissonne. C'est avec joie que je retrouve le couple de colverts. Me voici de retour chez moi.

La première chose à faire, mettre une bûche dans l'âtre. L'humidité règne ici. Le courrier, les courriels, les retours d'appels, ce sera pour plus tard. Pour le moment, la maison paisible m'accueille. Dans l'alcôve, où niche la statue d'une Vierge de la Guadalupe, j'allume un lampion. Immédiatement, je ressens la présence de mon cher amour, palpable, immortelle. Nous avions ce rite d'entrée.

Les heures passent.

Lentement, la nuit glisse aux fenêtres. Je prépare ma potion quotidienne de thé algonquin. Sur la boîte, un couple de huards dort sous la lune, parmi les roseaux. « Thé Rêves Lucides. Cueillie depuis nos canots longeant les rivières des contrées sauvages algonquines, la Myrice procure une tisane au goût léger et savoureux, qui accroît la mémoire des rêves. Dégustez-la avant d'aller au lit pour mieux retenir vos rêves, ou pour mieux les vivre. » En relisant la notice, en voyant le couple de canards sur la boîte, je reconnais là, une fois encore, les signes du cher disparu.

Je verse l'eau dans ma tasse, attise le feu, ouvre grandes les portes-fenêtres et sors sur la terrasse. La pluie, qui a débuté peu après mon arrivée en milieu d'après-midi, a cessé. Je glisse à mon tour dans la torpeur de cette fin du jour. Et contemple la beauté presque surnaturelle du paysage qui s'offre à mes yeux. La montagne se colore à présent de mauve et la vallée s'endort dans le coassement des ouaouarons, ponctuels au rendez-vous printanier. Je remarque l'odeur de l'herbe fraîchement coupée par mes jeunes voisins, Renaud ou Noémie. Je fais le tour de la maison, les tulipes s'ouvriront sous peu, et tiens… j'aperçois, au bout de la prairie, de la lumière dans la maisonnette du *Petit Verger.* Ce sont mes voisins qui l'ont baptisée ainsi, en l'honneur des cinq pommiers plantés par la grand-mère de Renaud, il y a des années. Depuis le décès de Colombe, les lieux sont inoccupés. Ces derniers mois, des travaux de rénovation ont été effectués pour la louer. Mes jeunes voisins auraient-ils déjà trouvé un locataire ?

Je m'attarde à scruter la noirceur maintenant installée dans l'atmosphère chaude et humide. La petite maison dans la prairie répand une lumière diffuse et… n'est-ce pas le son d'un violon que j'entends ? Comme une lamentation au fond de la nuit. Je reste interdite. À travers l'obscurité de plus en plus opaque monte cette musique déchirante. L'air aux accents presque tragiques secoue ma mémoire… Un souvenir vague remue en moi. Mais où ai-je entendu cette musique ? Saisie d'un frisson, je rentre me coucher.

La nuit, exceptionnellement chaude, n'a pas été de tout repos. Je me suis réveillée à plusieurs reprises, le corps enflammé, la nuque en sueur, les draps épars, ressentant la minute suivante un grelottement me traverser de la tête aux pieds.

J'ai rêvé d'un homme qui marchait sur une plage. Sa silhouette fatiguée s'estompait peu à peu dans un halo lumineux, alors que le soleil tombait dans la mer. J'étais rassurée de le voir disparaître, le sachant arrivé au bout de sa route… Puis j'ai tourné la tête sur ma droite et j'ai aperçu, assise non loin de moi, une femme dont je n'arrivais pas à distinguer les traits. Elle tenait, serré dans ses mains, un sablier et regardait, concentrée, le sable fin glisser dans le mince couloir de verre. J'appréhendais une catastrophe à la fin de l'écoulement. La mer devint de plus en plus agitée et je craignis pour sa vie et la mienne, j'avais peur que nous soyons toutes deux englouties dans les vagues, qui cambraient leur dos comme une horde de chevaux au grand galop. Cette dernière image eut raison de mon sommeil et je m'éveillai haletante. Lentement, je repris mes esprits et ma respiration. Je remontai le drap pour me couvrir.

Dimanche matin.

L'aube vient accompagnée du chant de la grive solitaire. Une faible lumière traverse le rideau qui oscille dans la brise du petit matin. Il me prend déjà la main pour écrire, comme je le fais chaque jour. Écrire, ma prière, ma méditation.

Nous avions cette habitude, mon compagnon et moi, de nous pencher sur nos travaux respectifs, dès le lever du jour. Après quelques heures, nous faisions une pause pour échanger sur nos progrès ; quelquefois pour nous lire mutuellement ce que nous venions d'écrire ou pour méditer en silence, gardant secrètes les mouvances intérieures qui prenaient refuge dans nos mots. Des années, nous avons marché côte à côte sur les sentiers sablonneux ou épineux de l'écriture. Moments inoubliables, inscrits à jamais dans les livres que nous avons publiés. Je fus toujours sa première lectrice. Cet écrivain a laissé des pages où sa poésie du quotidien et son sens de l'observation de l'âme humaine touchent le lecteur de manière très intime. Son œuvre parle de personnages en détresse qui cherchent un sens à leur vie. Sans doute parce que lui-même avait entrepris cette quête. Depuis longtemps. Ce sujet le passionnait.

Quant à moi, je demeurais plus secrète. Ne livrant qu'avec parcimonie quelques bribes des histoires que j'inventais sous ma plume.

Je sors de ma rêverie. Plus d'une heure que ma pensée vagabonde. Allons ! Allons ! Un autre jour béni s'offre à toi ! Debout ! Je me lève d'un bond et je cours toute nue me doucher à l'extérieur. L'eau glacée me fouette le sang et fait circuler ma sève. Même si mes vingt ans ont fui, je me sens jeune ce matin. À cinquante ans, le sentiment qu'il me reste tant à faire m'envahit. Le paysage gris fauve du mois dernier s'est mué en vert tendre et la vallée qui s'éveille, enroulée dans un foulard de brume, m'incite à la gratitude.

—Merci ! Merci la vie ! dis-je à voix haute tout en me séchant.

Machinalement, mon regard se porte vers la prairie où j'aperçois une silhouette qui s'affaire sur le terrain du *Petit Verger*. Je suis trop loin pour distinguer ce dont la personne s'occupe, mais je vois bien qu'il ne s'agit pas de Renaud ni de Noémie. Ah ! C'est peut-être un nouveau voisin ! Cette pensée me réjouit.

Et j'entre m'habiller, préparer le café, écrire.

Cher Amour,

La semaine dernière, après ma causerie littéraire, une élégante dame s'est présentée timidement à ma table de signature. Visiblement émue, elle me regardait de ses beaux yeux pervenche avec, entre les mains, un livre à faire dédicacer. Il ne s'agissait pas de l'un de mes ouvrages, mais de ton dernier livre, cher amour, qu'elle tenait serré sur son cœur. Elle hésitait, incapable d'articuler quoi que ce soit. Je lui ai souri. Je reconnaissais l'émotion qui lui obstruait la gorge. Tu te rappelles comme tu me taquinais quand, parfois, lors d'une conférence, les larmes me montaient aux yeux tandis que je lisais un passage d'un de mes livres ou racontais une anecdote particulièrement émouvante? Tu disais alors que j'étais une grande « émotivonne ». Ce mot que tu avais inventé me faisait bien rire. Cette jolie dame semblait être un peu comme moi, « émotivonne » elle aussi. Finalement, elle se décida à parler:

— Comment vit-on l'absence?

Elle hésita à nouveau, puis ajouta:

— Mon mari est décédé il y a un mois...

Sa phrase demeura en suspens, puis elle lâcha enfin dans un sanglot la question audacieuse qu'elle retenait:

— Comment faites-vous pour supporter l'absence de votre mari?

Elle me tendit l'exemplaire en murmurant d'une voix presque éteinte:

— Pourriez-vous me le dédicacer?

Une vague de joie intense m'a submergée. On me parle souvent de toi, cher amour, mais c'était la première fois que l'on me demandait une chose pareille; que je sois la main qui signe l'un de tes ouvrages. Cela m'a procuré un extraordinaire élan de bonheur, comme si tu étais là. Avec elle et moi. Il y avait tout de même une difficulté. Comment écrire une dédicace parfaitement appropriée, comme toi seul savais si bien le faire ? Tu possédais ce don de percevoir intuitivement la personne qui te tendait le livre ou le signet. De faire en sorte, en écrivant cette toute petite phrase, qu'elle se sente unique au monde et touchée personnellement, intimement. Que pouvais-je composer en ton nom ? J'ai pris mon temps. J'ai ouvert l'exemplaire et me suis recueillie quelques instants comme je t'ai vu le faire si souvent.

« Ce que l'être aimé nous a donné demeure à jamais gravé et vit en nous pour l'éternité. »

J'ai senti une chaleur se répandre dans la région du cœur. C'était ta présence qui irradiait dans tout mon être. Preuve irréfutable de la véracité de ce mot que je venais d'inscrire sur la page de garde de ton dernier livre. Cérémonieusement, je l'ai refermé et ma main a caressé la jaquette si douce de la première de couverture… puis je l'ai retourné, pour voir ta photo souriante à l'arrière. Comme tu étais beau avec cette barbe grisonnante bien taillée, les sillons de vie au coin de tes yeux rieurs et… ça y est… je pleure. Ton absence physique certains jours creuse un vide, un gouffre immense.

J'ai donc remis ton livre à cette dame en lui souhaitant de passer de belles heures à chérir en elle le souvenir de son cher disparu.

Je referme le cahier. Il demeure le lien qui me relie à celui qui m'a quittée. L'écriture quotidienne me permet de renouer notre serment d'être ensemble. À jamais. Dans les dernières années, nous avions harmonisé nos agendas afin d'en profiter le plus possible, de vivre côte à côte, nous avions choisi de ne pas attendre. Heureusement ! Car me voici à l'âge d'une retraite qui ne me sera pas offerte. Un écrivain n'a pas droit à la retraite, si ce n'est celle, quotidienne, de vivre à l'écart du monde pour faire son œuvre. Et mon compagnon vit à présent sous d'autres cieux.

Il est préférable de ne jamais remettre à plus tard ce que l'on a envie de réaliser aujourd'hui. Surtout, ne pas reporter à demain l'expression de notre amour. « Avec la mort on peut s'attendre à tout, elle se fout de prendre rendez-vous ! » comme l'a déjà écrit mon cher amour.

Aujourd'hui, qu'est-ce qui m'attend ? J'irai marcher. La journée bleue m'appelle. Mais d'abord aller offrir à Noémie le petit souvenir rapporté pour elle. Yukon, la chienne de mes jeunes voisins, vient à ma rencontre, visiblement heureuse de me revoir. Je caresse sa belle tête de nomade aux yeux d'Arctique. « Tu commences à perdre ton manteau d'hiver, mon beau toutou », dis-je en retirant ma main pleine de la laine de son pelage.

La bête se dandine sur place, frôle mes cuisses pour quémander une autre caresse et une autre encore. Résultat, mon pantalon est couvert de poils. Soudain l'animal part en flèche vers le sous-bois. Je poursuis ma promenade, évitant soigneusement les flaques d'eau, nombreuses, qui encombrent le chemin de terre battue. Le soleil déjà chaud pour l'heure matinale me fait retirer ma veste. Arrivée à la hauteur du *Petit Verger*, je remarque une voiture stationnée devant l'entrée. Je décide de rendre visite aux nouveaux voisins. La maison a beaucoup embelli pendant mon absence et les travaux de rénovation sont pratiquement terminés. L'extérieur a été repeint en jaune maïs et la terrasse, ceinturée d'une balustrade en fer forgé, lui donne le cachet d'une hacienda. Comme je m'apprête à frapper, la vibration d'une corde de violon fend l'air de manière inopinée. La même mélodie que la veille. Un frisson à nouveau me parcourt et je rebrousse chemin. Je m'éloigne alors que l'instrument se plaint... On dirait un chant funèbre.

Je vais chez Noémie.

La sculpture représente un canard, le haole huppé. L'artiste l'a réalisée à partir d'un gros caillou de grève. Le cou blanc, la tête noire et le bec rouge ont d'abord été taillés dans le bois, collés à la roche, puis peints à la main. Ma jeune voisine sort du poulailler, vêtue de sa chemise à carreaux rapiécée, chaussée de bottes en caoutchouc jaunes et d'une casquette à pois. Elle n'en revient pas du cadeau que je lui offre. Il faut dire que Noémie éprouve une passion toute particulière pour les volatiles. Les petits pinsons, geais bleus ou gros-becs qui aiment se jucher, été comme hiver, sur les nombreuses mangeoires devant la fenêtre de sa cuisine, ou encore le héron bleu qui, chaque printemps, niche au bord de son étang, sans oublier les canards qui viennent, tout comme chez moi, couver dans l'herbe haute encerclant son plan d'eau.

— Superbe... vraiment, ça n'était pas nécessaire !

— Ça me fait plaisir, voisine. Merci d'avoir pris soin des plantes et du parterre pendant mon absence.

Noémie caresse le corps minéral de la sculpture, émue de ma délicate attention. Je savais que cet objet lui ferait plaisir. Ma gentille fermière ne quitte pas souvent son territoire, et lui ramener une modeste œuvre d'art lui donne accès, d'une certaine manière, à l'ailleurs. Et je lui raconte les couleurs de ce pays qui longe les berges du généreux Saint-Laurent, combien l'accueil des gens y est légendaire et comme cela m'a fait drôle d'y être retournée sans mon compagnon. Une émotion soudaine me saisit, que j'essaie de ne pas laisser transparaître. Nous entretenons un voisinage réservé et aimable, agrémenté de petites conversations sur le temps qu'il fait, les bêtes, rien de trop personnel. Sauf le jour des funérailles de mon cher amour.

Après la cérémonie qui avait eu lieu à la maison, ma jeune voisine s'était présentée. Tous les amis étaient repartis. Je désirais demeurer seule avec mon cher amour, dont les cendres reposaient dans une urne de granit que j'avais déposée au pied de l'escalier, près d'une grosse roche. Un symbole d'éternité que nous avions aménagé au cœur de notre maison. Noémie tenait solennellement un coffret en bois que son mari Renaud avait menuisé. Sur le couvercle, elle avait pour sa part sculpté un papillon monarque dont les ailes peintes rappelaient le dessin d'un vitrail. Cette manière toute personnelle de dire adieu à son voisin disparu m'avait profondément touchée. Ce jour-là, je l'avais accueillie à bras ouverts. Nous étions demeurées ainsi, collées l'une à l'autre, communiant dans la même douleur. Un dimanche de mai. C'était il y a un an.

Nous sommes perdues dans la contemplation des pommiers quand le violon fait entendre encore cette émouvante lamentation qui glisse à travers les champs, monte en prière jusqu'à nous, recueillies, face au paysage tant de fois admiré. Nous ne disons mot. Instant de grâce. Partagé.

— Nous avons un locataire depuis deux semaines.

— Ah ! C'est donc ça ! Depuis hier j'entends du violon, il est musicien ?

— Je ne crois pas... Je ne sais pas, en fait. Il s'appelle Charles-Émile Jacques.

— Trois prénoms ? dis-je étonnée.

— Un homme étrange, me lance-t-elle en prenant congé.

Alors qu'elle s'éloigne, je lui demande :

— Et Renaud ?

— Il est parti faire une livraison aux États. Il sera de retour dans quelques jours.

— Ah bon !

— Salut ! Et merci encore pour la sculpture.

D'un coup de botte, la jeune fermière ouvre la porte de la grange et y entre, la chienne sur les talons. Je reprends le chemin de la maison. Au milieu de la prairie mouillée, je croise de grosses vaches Highlanders qui, surprises, me regardent traverser leur territoire. Bonjour, les « meu meu », vous ne me reconnaissez pas ?

Leurs beaux grands yeux humides me dévisagent, puis elles baissent leurs têtes cornues et continuent de brouter l'herbe grasse et juteuse.

Après quelques pas, la curiosité l'emporte et je rebrousse chemin pour aller rencontrer le voisin aux trois prénoms : Charles-Émile Jacques… cette dernière pensée me paralyse. Je me répète Charles… Émile… Jacques… Oh ! Mon Dieu ! Mon père s'appelait Charles, mon fils Émile et Jacques était le prénom de mon cher amour… Je reste là, à l'ombre d'un grand chêne, tremblante. Qui est cet homme qui porte les prénoms de mes trois hommes perdus ? Un engourdissement s'empare de moi et mon hypervigilance est à l'œuvre : un vent du sud agite les feuilles de l'arbre centenaire sous lequel je fais une halte. Et finalement, comme mue par une main invisible, je retraverse la clairière parsemée d'épilobes… je pense… les fleurs préférées de mon père… elles me tracent la route à suivre. Je foule à grandes enjambées le foin odorant pour arriver jusqu'au perron du *Petit Verger.*

Je m'arrête, essoufflée.

La musique a cessé. Tout est immobile. Soudain la porte s'ouvre et l'homme apparaît, un pinceau à la main, un drôle de béret à carreaux incliné sur la tête, une chemise rouge entrouverte sur un corps amaigri. Son visage est d'abord contrarié, puis, à ma vue, il sourit. Tout le visage s'éclaire.

— Ah ! Ma voisine, je crois ?

Il me tend sa main fine, mouchetée de couleurs, qui forme une étoile parfaite.

— Oui, Jeanne Dorval...

— Charles-Émile Jacques, enchanté.

Nous demeurons muets, une gêne subite entre nous.

— Belle journée !

— En effet ! dis-je simplement, incapable d'ajouter un mot.

Je l'observe.

Il n'est pas loin de la cinquantaine, le visage buriné, des yeux graves, verts presque gris, un sourire à la dentition parfaite, les joues creuses encadrées d'un fin collier de barbe qui s'harmonise avec ses cheveux grisonnants rasés court.

— Vous entrez prendre un café ?

Sans attendre ma réponse, il me précède, je le suis et, dans ma distraction, derrière moi la porte moustiquaire se ferme dans un claquement sec.

— Oh ! pardon, dis-je.

Je m'avance dans la maison que je reconnais à peine tant les travaux l'ont transformée. À présent, on pénètre directement dans une pièce qui comprend la cuisine tout au fond, une salle à manger sur la gauche et, à droite, ce qui était le salon a été converti en atelier. Un chevalet occupe l'espace près de la fenêtre et la table qui longe le mur est chargée de pots remplis de pinceaux, brosses et spatules. Des tubes de peinture, des chiffons tachés et d'autres objets jonchent la place.

— Vous êtes peintre ?

— Peintre… je… m'amuse à cela depuis… quelque temps tout de même… me répond mon hôte avec un sourire énigmatique. Et vous, vous êtes écrivaine je crois ? Je pense avoir déjà lu l'un de vos romans.

— Ah oui ?

— Oui… attendez que je me rappelle… c'était une histoire qui se passe… en Gaspésie… c'est possible ?

— Oui…

— Oui… oui… ça me revient… une histoire un peu sombre…

Et l'homme ne finit pas sa phrase, affairé à préparer le café. Je ne me formalise pas trop du fait qu'il n'ajoute aucun commentaire sur mon travail. Je suis de toute manière plus curieuse de redécouvrir la maison où je n'ai pas mis les pieds depuis longtemps. Cela est tout de même étrange de retrouver *Le Petit Verger* sans la présence de Colombe. Les bibelots anciens, si chers à ma défunte voisine, sa collection de tasses en porcelaine et ses petits animaux miniatures ont disparu. Je ne perçois pas les effluves habituels, le mélange de parfums boisés et de soupe que la grand-mère préparait quotidiennement. Il flotte à présent une odeur de térébenthine, de tabac et d'encens. Le mobilier familier de la salle à manger a été remplacé par une table et des chaises aux lignes modernes. Une causeuse en cuir marron de style western, tassée dans un coin, ajoute tout de même un accent rustique à ce décor aux allures plutôt citadines. Alors que je suis en contemplation devant la toile posée sur le chevalet, mon nouveau voisin vient me rejoindre.

— Et... le violon? Je vous entendais jouer tout à l'heure, vous êtes aussi musicien?

Son regard s'allume, un éclair dans un ciel orageux. Son front se barre d'un pli et j'ai l'impression d'avoir posé une question inopportune.

— Le violon... dit-il, après une pause qui semble ne jamais vouloir prendre fin. Le violon...

D'un pas plus lent cette fois-ci, plus pesant, comme si son corps venait de se charger d'un poids trop lourd, l'homme se dirige vers le buffet de la salle à manger et pointe le dessin au crayon d'un visage, celui d'un jeune homme au milieu de la vingtaine, aux traits fins, presque féminins.

— Mon fils était violoniste. Ce sont ses enregistrements que vous avez entendus.

Mon nouveau voisin n'en dit pas davantage sur ce fils. À côté du dessin qui le représente brûle un bâton d'encens piqué dans un violon miniature et mon voisin parle au passé. Je me garde d'ajouter un mot.

Nous revenons vers l'atelier. Il me sert le café et dès que nous sommes confortablement installés, ses yeux redeviennent rieurs. Il me présente, avec une verve enthousiaste, son antre d'artiste. Ce coin tout en fouillis et en couleurs, c'est son chez-lui. Il me raconte qu'il peut peindre jusqu'à tard dans la nuit et qu'il lui arrive même de dormir sur la causeuse ou par terre, devant son chevalet. Mais depuis les journées soleilleuses de la dernière semaine, il découvre l'horticulture. Il a toujours habité la métropole, perché dans un condo, un oiseau prisonnier, prend-il la peine de préciser, et c'est sur un coup de tête qu'il a décidé de venir vivre à la campagne, et de profiter de cette maisonnette à louer, dont il a eu connaissance par des amis de la région. Il a pris une année sabbatique et se dit très heureux de vivre cet exil. Mon nouveau voisin m'a raconté cela d'une traite, j'en suis presque étourdie. Je discerne pourtant un frémissement sous cette apparence de joie. Une vulnérabilité enfouie, à peine sensible.

Après ce bref entretien, je prends congé. Tout en se remettant à son chevalet, il me salue et m'invite à revenir aussi souvent que je le désire. Il insiste en disant :

— Vous savez, je sors très peu. Cette foutue peinture m'accapare entièrement.

Je m'avance derrière lui pour regarder à nouveau la toile sur laquelle il travaille : par touches de bleu, de vert, de mauve se dessine une structure qui rappelle un vieux monastère ou une église, flanquée d'une tour carrée et coiffée d'un capuchon. Sa main à présent esquisse des arbres au premier plan. Je le laisse à sa méditation picturale, car dès qu'il a repris son pinceau je n'existe plus.

Je quitte la maison en prenant soin cette fois-ci de ne pas faire claquer la porte moustiquaire.

Au milieu de la prairie, le violon reprend le même air si nostalgique maintenant. Mon cœur se pince. Pourquoi ? C'est d'un pas alourdi que je franchis les derniers mètres jusque chez moi.

Mon amour… je suis de retour…

Dans le lieu de notre mémoire, le sanctuaire de nos mots, seul l'écho de ma voix répondit : amour… our… our…

Je passe le reste de la journée à ruminer. Cette rencontre m'a remuée sans que j'arrive à cerner exactement pourquoi. Toutes mes interrogations demeurent sans réponse. Il est souvent déstabilisant de voir atterrir un inconnu dans son environnement. D'abord, notre instinct animal se méfie, puis l'humain curieux, intrigué, finit par aller flairer le nouvel arrivant. Ce que j'ai fait. Dans un premier temps, je l'ai trouvé assez étrange, avec son allure de peintre du dimanche, pour percevoir ensuite un homme chaleureux mais réfugié dans un quant-à-soi infranchissable. Et puis son nom me tourmente. Je refuse d'y attacher trop d'importance, je crains d'y déceler quelque lien troublant avec ma propre vie. Mais tout de même. Plus j'essaie d'éviter d'y penser, plus cela revient sous forme d'une seule et unique question : la présence de cet homme est-elle simple coïncidence ou, au contraire, signe d'une révélation à venir ? Qu'ai-je à faire avec ce mystérieux voisin ?

Je me mets à l'époussetage, obsédée : le mystère de l'autre interroge-t-il notre propre mystère ? Quel est le sens de mon existence, maintenant que les trois êtres de ma vie ne sont plus ? Je lance le plumeau par terre et retourne à mon secrétaire.

Cher fils adoré.

Mes vingt ans t'auront porté dans cette joie incommensurable qui gonflait mon cœur et mon corps. Mes trente ans t'auront vu grandir et devenir un homme. J'étais si fière d'être ta mère, ta complice. Parfois ta confidente. Puis voilà qu'un jour, la tempête folle, la déferlante, est venue noyer mon passé. Et te prenant, la rageuse a tout emporté.

Un enfant naît. Un enfant meurt. Entre les deux, un intervalle. Un intermède amoureux. Le temps de chanter un prénom… Émile… Émile… Émile… Où es-tu ? Comment suis-je parvenue à supporter ta disparition ?

Ce jour-là, ma vie a coulé. Te perdre a été la pire des tragédies. Je suis devenue orpheline, peux-tu le croire ? Sans rien d'autre à partager dorénavant que ma désespérance. J'ai mis des années à refaire ta place en moi. Un nid à l'amour, à la vie.

Alors, ce violon qui force maintenant mon oreille, je le repousse. Je ne veux pas, surtout pas l'entendre. Sa lamentation m'est un grincement... je crains le retour des larmes. Elles vont se remettre à rouler, rouler, comme la vague qui t'a emporté.

Je ferme le cahier. Trop de souvenirs.

Lundi.

Les retours de voyage sont toujours occupés à mille et une petites choses qui grignotent le temps. Dépouiller le courrier en particulier est une corvée. Tant de papier gaspillé ! Aucune poésie, que des comptes à payer, des invitations en tout genre... Mais grand merci ! Aujourd'hui une carte postale de Marielle, ma grande amie partie en voyage de ressourcement, qui promet de venir me visiter dès son retour. Elle a fabriqué cette carte elle-même, à partir d'une photo d'elle accoutrée d'un burnous, la tête dans un turban. Ce sera bon de retrouver celle que j'appelle la Princesse exotique, ma princesse. Sa personnalité colorée déride mes angoisses et mes chagrins. Encore là, de la voir attifée ainsi me fait sourire et m'enveloppe de douceur. Il y a d'autres cartes et lettres de mes amies lointaines, Christiane, Muriel... Olga, avec qui je me suis liée d'amitié lorsque je vivais à Paris, dans la jeune trentaine. Notre amitié a vaincu l'éloignement, est demeurée affectueuse. Elle s'enrichit par cette correspondance échangée avec elle et toutes les autres. Christiane en particulier, artiste, qui ajoute à ses lettres des collages autour de sa calligraphie ronde et heureuse. De Muriel, maquilleuse au cinéma, je reçois des images des différents lieux où elle se retrouve en tournage. Tout comme moi, elle a perdu son bel amour, il y a deux ans. Elle a dû déménager deux fois, cherchant à se refaire un nid, sans le soleil de sa vie. Une quête difficile qui est la mienne aujourd'hui. Et ma chère Olga, la plus ancienne de mes amitiés parisiennes, devenue ma petite sœur de cœur. Ses lettres se font rarissimes, car elle n'aime pas beaucoup écrire, elle fait plutôt grand usage de son portable. Elle m'a encore appelée dernièrement, alors qu'elle se trouvait en pleine mer des Antilles. Elle et son Roland possèdent un voilier et c'est sur les mers qu'ils vont se ressourcer. À chacune de ces missives affectueuses, j'ai un coup de cafard, je m'ennuie de toutes et chacune. Peut-être irai-je les visiter en septembre prochain. Comment m'approprier notre petit logis de Boulogne, avec sa cour fleurie, que nous avions l'habitude de louer à chacun de nos séjours dans l'Hexagone ? À deux pas, la forêt de Saint-Cloud où nous allions marcher après nos périodes d'écritures matinales. Serai-je capable d'y retourner ? Sans mon cher amour à mes côtés ? Quand on a côtoyé quelqu'un pendant de si nombreuses années, toute une vie en somme, la vie d'un amour, vivre seule à nouveau oblige à revoir toutes les habitudes et cela n'est pas chose facile. Dormir seule, manger seule…

Les premiers mois après son départ, je me surprenais à le chercher ou à l'attendre. Lorsque je revenais à la maison, je pensais le retrouver en train de tondre la pelouse ou bien je cherchais désespérément sa silhouette au bas du talus, près du lac. J'espérais follement le voir surgir du sous-bois, les cheveux ébouriffés, en sueur, épuisé. Il était de ces hommes vaillants, méticuleux qui s'oublient à la tâche. Il avait commencé à travailler à l'âge de huit ans à la ferme de son grand-père et n'avait jamais cessé d'aimer «le travail de mains» comme il disait. Il en avait besoin, cela compensait les heures passées devant l'ordinateur à écrire. Dans sa jeunesse, il avait pris la route, influencé par son auteur fétiche, Jack Kerouac. Il avait tout quitté pour suivre l'élan du nomade, pour abreuver, en quelque sorte, son âme de «survenant». Ce n'est qu'après notre rencontre que quelque chose de fondamental en lui s'était transformé. Il avait accepté de s'établir, de rester. Après quelques années de vie commune, il avait décidé de nous bâtir une maison. Ce fut certainement cette création partagée qui scella notre amour.

Cette maison porte notre signature, c'est en ce lieu que nous nous sommes inscrits. La maison est un refuge qui raconte qui nous sommes. Est-elle lumineuse et ouverte sur le paysage ou plutôt obscure? La nôtre respire la sérénité. Le silence qui y règne calme l'angoisse. Sa beauté sobre invite à la gratitude. Sa douceur baigne les heures. Si nous l'avons baptisée *Le Sanctuaire*, c'est qu'il s'agit d'un lieu propice à l'écoute de la vie intérieure, de la dimension spirituelle de l'existence, une manière de regarder les événements de la vie, d'y participer. Tendre enfin à l'expression de ce qui nous anime.

Permettre à ce que nous sommes de se réaliser. Pleinement. Mon cher amour et moi, bien humblement, tout au long de notre vie commune, avons travaillé à cet accomplissement, en nous et parmi le monde.

L'écriture fut notre outil privilégié. Nos livres ont été nos documents de voyage, nous faisant entrer dans l'espace intime de l'autre. Les lecteurs disent souvent aux écrivains qu'ils se reconnaissent dans leurs livres. C'est fascinant de rencontrer un lecteur qui vient confier, livrer sans pudeur ses émois. Les livres permettent cet échange. Les livres sont des voyages que l'on entreprend, leur destination finale nous est inconnue ou ne se révèle que subrepticement, au fil des pages écrites puis lues. Les livres sont aussi des miroirs, des amants ou amantes qui attendent au seuil de la nuit, des berceaux qui raniment l'enfance ou parfois ce linceul des souvenirs trop lourds.

En allant déposer dans un casier du secrétaire les cartes de mes amies, que je garderai comme les précieuses reliques de mon existence, je tombe en contemplation devant un portrait de nous deux. Un jeune et talentueux photographe avait été mandaté pour venir nous photographier, afin d'illustrer une entrevue commune dans une revue littéraire. La photo en noir et blanc accentue les rides de ta vie, cher amour. Appuyée sur toi, ma tête légèrement tournée vers ton visage radieux, je souris comme toi. Nos habits sombres et les arbres dénudés derrière nous laissent toute la place à la lumière de nos visages. Cette lumière de notre amour.

Nous sommes beaux, n'est-ce pas ?

Personne ne pourra jamais te remplacer. On ne peut vivre qu'une belle histoire d'amour ! On en traverse d'autres, tumultueuses, passionnées, sacrifiées, éprouvantes, mais de belles, il n'y en a qu'une. Une seule !

Voir cette image de notre amour ne m'a pas donné le courage d'entreprendre quoi que ce soit, en ce premier lundi du retour de voyage. Le deuil refait surface. Comment vivre l'absence ?

Je n'ai pas fait l'amour depuis ta disparition.

Comment retrouver l'intimité amoureuse avec quelqu'un d'autre ? L'offrande du corps, à mon âge, a besoin de complicité, de la reconnaissance du regard de l'autre. Mon corps marqué par la vie offre sa vérité. De là sa beauté. Sans artifice, modelé par les épreuves et les émois qui ont traversé sa chair. Cher amour, tu as toujours désiré mon corps, source vive de ton plaisir. Tu me sacrais Vénus sous tes caresses. Par tes baisers je m'envolais. Tu as visité chaque sillon de ma peau, dit avec ferveur le chapelet de mes grains de beauté. Lorsque tu chevauchais mes hanches et que tes mains s'agrippaient à mes épaules, je t'entendais souffler dans mon cou, pendant que mes seins étaient bientôt offerts à ta soif, c'était la nuit ou au petit matin, moment privilégié de nos ébats amoureux.

Parfois je sommeillais encore, attardée dans les vapeurs de l'aube et tu venais te poser en moi. Je m'éveillais dans la houle qui soudait ton corps au mien. Rien ne remplacera notre désir langoureux dans les après-midi pluvieux. Te souviens-tu de ces traversées fougueuses? Ton corps souple et viril me manque, tes cuisses aussi douces que fermes, tes épaules rassurantes, ton gland sculpté, bijou ciselé, et tes mains... tes mains qui avaient le pouvoir de toucher avec tant de compassion, si habiles à procurer l'extase...

Je m'allonge par terre sur le tapis de laine devant la cheminée, le soleil glisse sur ma peau esseulée et ma main, guidée par le souvenir de la tienne, se glisse au bas de mon ventre, retrouve le chemin de ta célébration!

J'ai dû m'assoupir un instant. J'ai faim! Pas de fruits ni de légumes frais, j'irai au marché tout à l'heure. Je fouille dans les armoires et réussis à me composer une salade de lentilles et thon. Une noix d'huile d'olive, un oignon et le tour est joué. Je m'attable pour manger. Seule. La déferlante est revenue, je fonds en larmes.

Les jours passent.

Confortablement installée dans mon fauteuil de cuir, un verre de vin pour compagnie, prélude à la soirée qui s'annonce silencieuse et morose, je contemple le spectacle de la vallée sous la pluie. Le ciel joue du tonnerre, des éclairs fendent l'air. Cela me rappelle l'histoire de Noé le quêteux que mon grand-père nous racontait chaque été, quand nous allions le visiter. Il débutait invariablement ainsi:

— C'était une nuit de tempête, comme si le déluge était revenu sur terre. J'étais à fumer tranquille, les pieds sur le poêle, quand j'entendis frapper à la porte : Toc ! Toc ! Toc !

Et là, grand-père faisait claironner sa voix :

— Qui va là ? Pas de réponse !

Alors, sans sourciller, n'ayant peur de rien, grand-père était allé ouvrir. Était apparu sur le perron, comme sorti de nulle part, un homme aux vêtements crasseux qu'au village on surnommait Noé le quêteux.

Les enfants le craignaient et toutes sortes de ragots circulaient sur son compte. On chuchotait qu'il avait perdu un fils et que, depuis, il s'était mis à boire. Il avait le don de surgir les soirs de mauvais temps, de là son surnom de Noé le quêteux. Grand-père le faisait entrer et asseoir à la table, lui servait à boire et à manger. C'est ce qui arriva un certain soir de pluie. L'homme lui raconta tous ses déboires et finit par se coucher en chien de fusil sur le tapis, à côté du poêle. Le lendemain matin, quand les enfants descendirent à la cuisine, il ne restait plus sur le plancher qu'une paire de bottines trouées. Désormais, dit grand-père, Noé pourra, chaussé de mes souliers, continuer de chercher son arche et son fils sans être un va-nu-pieds ! Depuis ce jour, au lendemain de chacune de ses visites, mon grand-père exigea de grand-mère qu'elle lui donne de l'argent pour des bottines neuves. C'est elle qui tenait la bourse.

Tout en me berçant, je repense à cette histoire, et cela me fait sourire, car je n'ai jamais su si Noé avait réellement existé ou si c'était un de ces anciens contes que reprenait grand-père.

Toc ! Toc ! Toc !

On frappe à la porte ! Mais qui peut courir les chemins par ce temps de soirs anciens ? Je vais ouvrir.

Il se tient sous le porche, vêtu d'un imperméable jaune, avec sous le capuchon, son béret enfoncé jusqu'aux yeux. Il me sourit, on dirait qu'il grimace.

— Mais… Charles-Émile, quelle surprise !

— J'ai pensé venir vous tenir compagnie durant l'orage.

Étonnée et contrariée, car je n'aime pas les visites improvisées, je l'invite quand même à entrer tant il a l'air transi. Je pense : pour une première visite chez moi, il a choisi un temps de quêteux ; et comme je reviens avec une serviette, il est en train de se secouer de la tête aux pieds. Comme un chien ! Méticuleusement, il assèche sa tête, sa barbe et son cou. Bref, il se refait une toilette ! Décidément, cet homme est un curieux phénomène.

— Prendriez-vous un verre de vin ?

— Non, merci.

— Désirez-vous un café ? Espresso ? Cappuccino ?

— Espresso, oui, merci.

De la cuisine je peux l'observer tout à mon aise. Il scrute avec attention les nombreux tableaux accrochés aux murs. La plupart ont été peints par mon père, Charles Dorval, à différentes époques de sa vie. Certains représentent des sujets du terroir exécutés dans un style naïf: des personnages et des animaux souvent disproportionnés par rapport aux objets qui les entourent, dessinés à coups de traits plus ou moins grossiers, aux couleurs primaires, un peu criardes, mais qui donnent vie et réalisme aux sujets traités. Par la suite, dans sa période romantique, il a travaillé dans des formats plus petits qui présentent des sujets bucoliques; paysages aux teintes pastels empreints d'une émotion plus personnelle, cette méthode correspond au temps où mon père, malade, passait ses journées à arpenter les villages et les pâturages à la recherche de son enfance à la ferme familiale. Il peignait alors de vieilles granges, des bâtiments de ferme désaffectés et de nombreux coins perdus de campagne. Et enfin, la dernière période, et certainement la plus étonnante, de ce peintre autodidacte fut celle de l'art abstrait qui avait fini par naître sous ses pinceaux. Voilà que ses sujets favoris, maisons, moulins, granges et châteaux émergeaient dans des formes cubiques, avec talent et originalité. Il revisitait un patrimoine oublié qu'on redécouvrait grâce aux accents particuliers de ce que mon père nommait, avec une pointe de fausse modestie, ses gribouillis de peintre du dimanche. Il n'en était rien. Il était un peintre de talent.

Le temps de préparer son café, mon visiteur a fait l'inventaire de tout ce qu'il y a dans la vaste pièce de séjour qui me tient lieu de salle à manger, salon, boudoir et espace de travail. Il s'arrête devant mon secrétaire, hésite pour finalement s'emparer de la photo où mon amoureux et moi sommes blottis l'un contre l'autre.

— Votre café, Charles-Émile.

Il remet prestement la photo à sa place et vient s'asseoir face à moi. La nuit est presque installée. Une faible lueur, seulement, au-dessus des montagnes. La pluie tombe toujours. Au cas où il y aurait une panne électrique, j'ai allumé quelques chandelles qui font tout un ballet sur les murs et dans le large miroir central qui orne le buffet.

— Vous avez une maison chaleureuse… envoûtante. Il faut pardonner mon sans-gêne… mais…

Et de sa poche il retire un petit pot qu'il me tend.

— Tenez ! Je l'ai faite pour vous, cet après-midi. Elle est encore chaude. J'espère que vous aimez les agrumes, c'est une confiture au zeste d'orange. Une vraie marmelade d'ici.

— Ah ! Merci, dis-je, en l'ouvrant pour humer le parfum épicé de l'orange, et… un peu de clou de girofle, il me semble. Hum ! ça sent bon !

— Votre café est délicieux !

Et mon voisin ferme les yeux pour prendre une gorgée qu'il savoure comme un moment de bonheur.

À le contempler, je commence à me laisser attendrir par cet homme tout aussi solitaire que moi. Pourquoi ne laisserais-je pas de côté un peu de ma solitude ? Pour une fois ? Allons, me dis-je, le voisin ne manque pas de charme. Il pourrait même me plaire, si je cessais de me terrer dans mes souvenirs. Pourquoi toujours me protéger ? De quoi ? De qui ? De lui ou de moi ? Je peux bien accueillir l'autre et son mystère ? Mon corps se détend et mon regard sur lui change.

— Vous savez d'où vient le mot « essentiel » ? me demande-t-il à brûle-pourpoint, les yeux toujours fermés et la tête appuyée sur le dossier du fauteuil. L'essentiel signifie : l'essence du ciel qui vient à nous. La peinture m'est essentielle pour vivre… J'ai appris par Noémie que votre mari était décédé… votre mari vous était essentiel… n'est-ce pas ? Il a relevé la tête et son regard se pose sur moi. Il était l'essence qui vous avait été envoyée… vous avez eu de la chance… beaucoup de chance… c'est une grâce extrêmement rare que… celle de connaître l'amour…

Me voilà prise de court. A-t-il deviné mes pensées ? Que vient faire cet homme dans ma vie ? Je le connais à peine et voilà qu'il franchit ma porte, disserte sur ma vie intime dont je ne lui ai jamais parlé. Cela me met très inconfortable. Je ne sais quoi répliquer.

Mais l'écrivaine que je suis se tient aux aguets. Et l'amoureuse esseulée est brusquement interpellée.

Mon nouveau voisin ne prolonge pas sa visite impromptue. Il termine son café en trois gorgées et s'éclipse, prétextant attendre un coup de fil important. J'en doute. Je sais qu'il n'a pas fait installer de ligne téléphonique et qu'il n'utilise qu'un portable. Il m'en a donné le numéro lors de ma visite chez lui l'autre jour. De plus, je remarque qu'il l'a accroché à sa ceinture.

Pour sûr, il s'agit d'un loup solitaire qui peint à toute heure du jour ou de la nuit, se berce au chant funèbre d'un violon, tout en s'adonnant, certains jours, à l'horticulture et aux confitures ! Voilà ce que je connais de lui. Qui est-il ? Quel métier ou profession a-t-il pratiqué ? Je n'en ai pas la moindre idée et je n'ai pas osé l'interroger. Lui a l'air de me connaître, plus ou moins. Il n'a pas parlé des livres de mon défunt compagnon.

Je songe à tout cela en regardant sa silhouette courbée disparaître dans la nuit opaque. Quel singulier personnage ! Comme un automate, je m'assois à ma table de travail, j'ouvre le cahier vierge qui attend patiemment, depuis des mois, que je me remette à l'écriture d'un nouveau manuscrit. Que vais-je raconter cette fois ? Cet inconnu m'ouvre le chemin et je laisserai ma plume s'y aventurer.

Le lendemain, je me lève tard. La veille, j'ai écrit durant quelques heures, à la volée, la main folle, la tête fiévreuse. Après plus de deux ans sans écrire autre chose que mon journal personnel, cela a eu pour effet de m'enivrer. Je me suis sentie comme un alcoolique en rechute, qui ne peut plus s'arrêter et qui enfile un verre après l'autre. Les mots se bousculaient dans ma tête et ma main ne courait pas assez vite. J'ai noirci plusieurs pages d'une calligraphie à peine lisible, tant le souffle poussait.

Ce matin, j'ai du mal à me relire, j'ai la migraine, je suis à plat. Vidée.

Je tourne les pages de ce premier jet et elles me brûlent les doigts. Je lève les yeux et aperçois un arbre déraciné. Le seul que nous ayons laissé devant la terrasse en l'honneur d'un ami qui un jour nous avait rendu visite : « Cet arbre est le mien, avait-il confié, il ne faudra jamais le couper. » L'orage de la nuit dernière l'a arraché ; sa belle tête feuillue fripe maintenant la surface du lac. Le voici écrasé, vaincu. À l'endroit où le tronc s'est fracturé, on peut voir que la pourriture s'y était infiltrée. Je frissonne. Dernièrement, j'ai eu, avec cet ami écrivain, une conversation au sujet de l'éthique de notre profession. Mes opinions l'ont peut-être contrarié, car, depuis, je n'ai pas de nouvelles de lui. La mort de cet arbre annonce-t-elle la fin de notre amitié ? Je crois parfois aux présages.

Il existe des relations de longue date qui disparaissent ainsi, de manière fulgurante. Plus rien ne peut être sauvé. Ne restent que des regrets et des cendres. Quelques chaleureux souvenirs. Puis plus rien.

J'enfile mes bottes pour aller voir de plus près les dégâts et m'enquérir du retour de Renaud, qui pourrait venir le débiter. Aujourd'hui même. Je n'ai pas envie de voir cette amitié agoniser sur la pelouse. Ça me fait mal. La matinée s'assèche lentement des pluies diluviennes de la nuit dernière et les fougères géantes, presque tropicales, qui bordent la route, penchent leur long cou dentelé, gorgé d'eau. Cachés sous les frondaisons, des oiseaux piaillent. Une brise secoue les branches qui forment au-dessus du chemin une voûte ajourée de bleu et me voilà arrosée comme une plante qui en aurait besoin. Arrivée à la ferme voisine, Noémie m'informe que Renaud est en face, dans la vieille grange près de la maison du *Petit Verger*. Il s'agit du plus ancien bâtiment de ferme où l'on entrepose le foin et on m'y a réservé un espace pour quelques vieux meubles dont je n'ai pas besoin. Mon cher amour devait construire une remise qui a toujours été «remise» à plus tard. Je pénètre dans la vieille grange. Ça sent l'odeur rance du vieux foin qui bientôt sera remplacé par la nouvelle fenaison. Renaud n'est pas là. Je m'attarde un instant à observer un couple d'hirondelles qui s'est niché tout en haut, sur la dernière poutre, au faîte de la grange. Le mâle va et vient, faisant la ronde de garde pour sa mignonne, confortablement installée et dont je n'aperçois que la tête qui dépasse du nid des amours. Elle couve ses œufs sans doute.

Je n'ai su couver qu'un œuf. Un seul! Avant Émile, mes œufs s'étaient fracassés au nid de la matrice. Deux fausses couches. Sa naissance avait réussi à colmater la douleur des échecs précédents. Sa disparition n'en fut que plus dévastatrice. La perte refait surface. Violente. Une eau amère s'abat sur moi. J'essaie de résister, mais la vague trop forte me soulève et je suis emportée par un tsunami. Je m'allonge dans le foin et pleure un grand coup. Le souvenir de la mort d'Émile est revenu.

Son corps s'était raidi entre mes bras qui n'arrivaient plus à desserrer leur étreinte. Je refusais obstinément que quiconque me l'enlève. La plage était devenue linceul, je n'aspirais qu'à disparaître moi aussi. Après des siècles, en état de choc, j'avais fini par lâcher prise. L'horizon de mes espérances s'est voilé d'un coup. Pourquoi encore, là, maintenant, ce nid d'hirondelles ?

— Jeanne ?

Je sursaute et j'aperçois en bas des balles de foin où j'ai pris refuge, mon artiste peintre, un chapeau de paille sur la tête, une chaudière à la main.

— Ça va ?

— Je… je cherche Renaud…

— Je l'ai vu descendre vers le bois tout à l'heure, avec le tracteur.

— Je vais y aller, dis-je en redescendant, mal à l'aise et embarrassée d'avoir été surprise dans cet état de vulnérabilité.

Mes peines et mes chagrins, je les garde pour moi. Je suis fière et orgueilleuse. Trop peut-être. Toujours à montrer une image lisse et parfaite ; ce que je ne suis pas.

Comme si mon voisin devinait mes pensées, il ajoute :

— Moi aussi, j'ai eu un réveil difficile. Mon fils devait me rendre visite et finalement ne viendra pas, encore une fois ! dit-il avec une pointe d'amertume dans la voix.

Je reste interdite. Son fils ?

— S'agit-il de votre autre fils ?

— Mais non. Pourquoi ? Je n'ai qu'un seul fils.

— Oh ! Je… enfin… j'avais cru comprendre… lors de ma visite l'autre jour… que… les enregistrements de violon étaient de votre fils… enfin…

— Ah ! Non, non, non, mon fils est bien vivant. C'est le merveilleux musicien qu'il était qui n'est plus.

Il hésite à peine pour finalement me confier :

— L'essence même de mon fils s'est évanouie dès que cette femme… — et il appuie sur ce mot —, a mis le… depuis son mariage, il a posé son violon et n'a plus jamais rejoué. J'ai perdu mon fils, et le monde de la musique un très grand musicien, ajoute-t-il avec une colère à peine contenue.

Je ne sais comment répondre à cette confidence pour le moins particulière et très personnelle. Je risque tout de même une question :

— Est-il venu vous voir depuis que vous avez emménagé ?

— Pas encore.

Je pense : est-ce possible qu'un homme soit séquestré par sa femme ? Et il ajoute dans la continuité de cette pensée qui vient de me traverser l'esprit :

— Elle a fait de mon fils un prisonnier !

Quant à lui, mon voisin est l'otage de son ressentiment et de sa colère. Et je repense à ce fils qui m'a été ravi si injustement. Mais je ne me sens pas encore prête à lui raconter ce morceau de ma vie. Un besoin de garder secrètes ces zones du passé. Trop peur de réveiller le torrent qui gronde encore parfois comme tout à l'heure.

— Avec nos enfants, ça ne tourne pas toujours comme nous le voudrions… Il faut apprendre à… accepter… ça n'est pas toujours facile, dis-je dans une sorte de résignation.

Nous restons silencieux un moment. Je crois bien que nous reconnaissons la parenté de nos vies, avec leurs écueils et leur part de drame.

— Tu as sans doute raison, me répond-il. Je peux me permettre de te tutoyer, non ? maintenant que nous en sommes aux confidences ?

— Tu peux, lui dis-je en lui touchant l'épaule et retrouvant mon sourire.

— Je vous… je t'invite à la maison ?

— Non merci, une autre fois. Je dois m'occuper de quelque chose, j'ai besoin de parler à Renaud.

Je le salue et m'engage sur le chemin qui mène au bois.

Dans ma tête, une musique m'accompagne. Non plus l'ode sombre de mon voisin, mais une sarabande joyeuse qui donne un nouveau rythme à mes pas. Je réalise une fois de plus que partager avec un autre est une source de réconfort et que la présence de Charles-Émile allège ma peine.

Au lendemain de l'orage, la forêt embaume de tous ses parfums. À marcher sous ses ramures, je pénètre un monde que l'on ne peut découvrir qu'en s'aventurant sous la profondeur des sapinages qui peuplent cette forêt. Quel lieu de méditation ! Me revient le souvenir d'une forêt de thuyas de l'Est, ces conifères aux feuillages ornementaux dont les troncs noueux dessinent des sculptures étonnantes. J'en ai visité une, en compagnie de mon très cher amour, lors de notre dernière saison littéraire, celle qui nous avait menés au Témiscamingue.

Depuis un an, j'arpente la forêt de mes heures sans connaître ce que me réserve l'avenir. Tu n'es plus là pour sculpter mon corps dans l'amour. J'ai passé la cinquantaine ! Et je me sens encore comme une jeune fille. Si souvent. Très curieux, cet état de jeunesse intérieure alors que se flétrit le corps, que les articulations gémissent au saut du lit. A-t-on droit à l'amour à tout âge ? Mon amie Christiane, dont je viens de recevoir une lettre en provenance de Manosque, m'assure que oui. Sa nouvelle histoire d'amour me réconforte. Elle écrit : « Nous sommes inondés l'un par l'autre. Je ne pensais pas qu'un amour si fort puisse s'épanouir (j'ai 61 ans, lui 66) et nous nous retrouvons nus face à cet amour, comme des adolescents ! »

Ma réflexion est interrompue par le bruit de la scie mécanique de Renaud qui, en contrebas du plateau où je suis, est en train de couper un arbre, lui aussi déraciné par l'orage. Il a mis son casque de travail pour se protéger les tympans, je ne peux l'appeler, il n'entendrait pas. Je le regarde, dans toute la force de sa jeunesse, bien calé sur ses jambes robustes, s'appliquant à faire pénétrer la lame dans la chair de l'arbre terrassé. Se sentant peut-être observé, il lève bientôt la tête et m'aperçoit. Le silence de la forêt domaniale, un instant, reprend ses droits.

— Bonjour Renaud. Aurais-tu le temps de venir plus tard ? J'aurais moi aussi un arbre à faire couper, devant la terrasse.

— Dans pas grand temps, je finis celui-ci, me répond-il, avec son sourire habituel, mélange de gêne et d'amabilité.

Ce jeune homme aime passionnément la forêt et celle-ci le lui rend bien. Il y passe le plus clair de son temps. À entretenir, couper les arbres malades ou amoindris, émonder, afin de donner aux plus jeunes et aux chétifs l'espace et la lumière dont ils ont besoin pour pousser et se déployer. Alors que Noémie prend soin des animaux, Renaud s'occupe du vaste terrain forestier. Deux jeunes gens dans la force de l'âge, vaillants et heureux. Il y a quelque chose de rassurant à être témoin de cette jeunesse qui travaille à faire ce qu'elle aime. Pour ma part, j'ai toujours œuvré d'une façon qui non seulement me comblait de bonheur, mais générait une véritable passion. Écrire, quel privilège ! Tant de gens passent leur vie à ne faire que leur devoir, assumer leurs responsabilités. Ce qui est fort honorable, mais n'alimente pas nécessairement l'envie de se lever chaque matin pour le plaisir d'exercer une activité qui stimule et fait vibrer, met le cœur en fête et nous lance un défi.

C'est ce plaisir que je perçois chez Renaud et Noémie quand je les croise alors qu'ils vaquent à leurs occupations quotidiennes.

Je reprends le chemin vers la grange, en passant près du ruisseau bordé de fleurs sauvages odorantes. Ô le grand bonheur de vivre à la campagne ! Il y a si longtemps que je demeure au cœur de ce paysage, je ne me rappelle plus comment j'ai pu déjà vivre à la ville. J'ai oublié. J'ai effacé de ma mémoire ces années et ne reste qu'un halo flou d'instants fugitifs. C'est ici, au milieu du vent, de la pluie, des herbes folles et du soleil aveuglant que j'ai pris racine dans une nouvelle vie.

Ma petite est comme l'eau
Elle est comme l'eau vive
Elle court comme un ruisseau
Que les enfants poursuivent…

Le ruisseau chante et je chante avec lui. Assise sur un rocher, cachée dans les herbes hautes, je me déchausse et trempe mes pieds dans l'eau vivifiante qui court et saute entre les cailloux.

Courez, courez vite si vous le pouvez
Jamais, jamais vous ne la rattraperez

Et je continue de fredonner cette chanson de Guy Béart qui me ramène à mes années de jeunesse où j'allais me baigner dans les rivières et les ruisseaux du Saguenay, pays de mon enfance.

Renaud me rejoint sur son tracteur, je lui fais signe de me laisser monter et c'est le cœur joyeux que je reviens vers la maison, assise aux côtés de celui-ci, qui conduit d'une main assurée.

Quand nous arrivons sur la terrasse, je le laisse débiter l'arbre, tirer les branches jusqu'à la prairie. En moins d'une demi-heure, plus aucune trace du hêtre qui dominait le lac de sa silhouette élancée. Adieu mon ami, pensé-je, alors que le grognement du tracteur s'éloigne. Plus rien désormais n'obstrue la vue sur la vallée.

Dans le trou, je planterai un rosier. Pour fleurir le souvenir de cet ami perdu.

Il y a bien une heure que je me suis réinstallée à ma table d'écriture, mais rien à faire, je n'arrive pas à poursuivre sur l'élan de la nuit dernière. Je relis les quelques pages et je n'ai aucune envie de poursuivre. Revisiter notre dernier été, cher amour, me laisse dévastée. Le deuil de l'absence est-il si long à combler ? Peut-être me suis-je trop enfermée dans ma réflexion ces derniers temps ? Il me faut en sortir, mais comment ?

Et si j'effectuais quelques changements à la décoration de mon environnement ? Cela me sortirait de ma nostalgie, assurément. Cette idée me réjouit instantanément et je ferme mon manuscrit en me disant « à suivre »… je chausse mes bottes et retourne à la vieille grange. Sur les lieux, je commence l'inventaire, quand

Yukon vient me tenir compagnie. Je ne me souvenais pas que nous ayons entreposé, au fil des années, tant de choses. Tout est astucieusement cordé, bien serré, comme aimait le faire mon défunt compagnon. Allons-y! Gantée, pour ne pas m'abîmer les mains, je commence de façon méthodique à défaire le casse-tête que représente cet amoncellement de chaises, paravents, coffres et armoires emmêlés. Je retrouve avec émotion les deux chaises berçantes peintes en rouge et « gossées » par grand-père. Tiens ! Ma vieille selle du temps où je vivais dans un ranch. C'était il y a si longtemps que cela me semble faire partie d'une autre vie.

Ah ! Notre tête de chevreuil !

Je l'ai toujours vue accrochée au-dessus du manteau de cheminée de la maison familiale. Malheureusement, je n'en ai pas pris soin et la retrouve passablement abîmée d'avoir passer ces dernières années dans l'humidité de la grange. Jusqu'aux mulots qui lui ont grignoté le nez. Je la remise plus haut, accrochée à un vieux clou rouillé.

Bon, qu'est-ce qu'il y a encore ?

Je déballe une grande boîte qui contient des encadrements et je sursaute à la vue de bestioles emmitouflées dans du papier et du carton déchiquetés. Il s'agit d'une portée d'écureuils. Je les compte, il y en a sept. Je les laisse se faufiler hors de la boîte et rappelle la chienne qui partait à leurs trousses vers les balles de foin où les petits sont allés se cacher.

— Yukon, couchée !

La bête docile se calme et s'allonge à mes pieds. Bon ! Qu'est-ce que je vais faire de tout ça ? Hein, Yukon ? Consternée, je constate les dégâts. Certains cadres ont trop souffert et prendront le chemin de la poubelle. Parmi eux, un seul est demeuré miraculeusement impeccable et me fait sourire. Il s'agit d'une photo de moi à l'âge de dix-sept ans, grandeur nature, qui a été prise par un ami. Elle ne mesure pas moins de cinq pieds sur trois. Au bas de la photo, une fleur a été dessinée avec cette inscription :

« L'essentiel est invisible pour les yeux.
C'est le temps perdu pour ta rose qui fait ta rose
si importante. »

Cette phrase de Saint-Exupéry a été ajoutée par mon ami Berny, secrètement amoureux de moi. Je ne l'ai appris qu'après sa disparition en plein vol aux commandes de son Cessna, tout comme l'écrivain dont il admirait tant les œuvres. En particulier *Le Petit Prince*. J'ai été, sans le savoir, sa rose bien-aimée… Aimer en secret ou aimer en silence est finalement, je m'en rends compte, le lot de beaucoup de gens.

Que vais-je faire de toutes ces choses ? Il y a encore une table, un banc de « quêteux »… Je repense à l'histoire de Noé et comme par magie je vois apparaître de nouveau mon voisin. Me surveille-t-il pour surgir ainsi à tout moment ? Yukon a bondi vers lui pour quémander une caresse.

— Grand ménage, aujourd'hui ?

— Oui. Incroyable tout ce que l'on garde. Il y a longtemps que je n'avais fait l'inventaire de tout ce qui se trouve ici.

J'accepte son aide pour choisir entre ce que je désire garder et ce dont je veux me débarrasser. Il m'interroge au sujet des meubles. Je réponds que je prendrai certainement une chaise berçante, ces deux fauteuils, le coffre, la lampe torchère et le paravent chinois. Quant au reste, il me faudra le laisser encore dormir dans la grange. Charles-Émile me propose de tout prendre chez lui. En effet, au deuxième étage de sa petite maisonnée, une vaste pièce reste toujours à meubler et mes effets y seraient à l'abri de l'humidité. Je trouve l'idée bonne, mais je suis surprise qu'il me demande s'il peut emporter ma photo encadrée.

— Ah oui ?

— Elle me tiendra compagnie, me dit-il avec un sourire amusé.

Je trouve un peu bizarre qu'un portrait de moi se retrouve chez cet homme que je connais très peu en somme, mais j'acquiesce en souriant.

— Si tu veux… en prendre soin…

Comme seule réponse, il me réplique :

— « Tu deviens responsable pour toujours de ce que tu as apprivoisé. Tu es responsable de ta rose… »

À partir de ce moment-là, j'ai la certitude que Charles-Émile deviendra un véritable ami. Un amoureux peut-être ? Cette dernière pensée me fait l'effet d'une renaissance.

En quelques heures, avec l'aide de Renaud et Noémie, nous avons décrotté les meubles antiques, dépoussiéré une horloge, lavé un coffre en bois, déniché une lampe à huile dans un carton. Mon voisin me sert un grand verre de jus de canneberge et nous voici, Charles-Émile et moi, confortablement installés dans son nouveau boudoir à l'étage, tout comme si je le recevais chez moi. Cela me fait tout de même étrange de me retrouver assise au milieu des meubles qui ont garni les demeures de ma vie.

— Ça te plaît ?

Il opine de la tête en regardant tout autour, trop ému, je le vois, pour dire quoi que ce soit. Bien qu'il ait participé à l'aménagement, il m'a laissé totale liberté pour disposer les meubles à ma guise. Il affiche un air satisfait. Je l'observe, attendrie par sa mine à la fois réjouie et un peu perdue, au bord des larmes. L'effervescence déployée pour créer ce petit salon a eu sur lui, qui vit pour ainsi dire dans son atelier du rez-de-chaussée, un effet bouleversant. Peut-être y a-t-il longtemps que quelqu'un n'a eu un peu d'attention pour lui ? Il continue de se bercer doucement en silence. Dans ma tête, soudain, une image se superpose à celle de Charles-Émile. Combien de fois ai-je vu Charles, mon père, se bercer ainsi, un livre à la main ?

Et la vision fugitive disparaît.

— Je t'ai dit que mon père portait le prénom de Charles ?

Mon voisin me regarde sans aucun étonnement.

— Charles Dorval... j'ai remarqué sa signature au bas de plusieurs tableaux que tu as chez toi. Il était très bon peintre ! Un tableau en particulier m'a intrigué...

— Sans doute celui qui représente ces trois enfants dans la campagne au crépuscule avec, en arrière-plan, une petite maison jaune...

— On dirait que ton père a peint *Le Petit Verger*, tu ne trouves pas ?

Mon voisin me dévisage. Quelles images semblent surgir dans sa tête au moment où il ajoute :

— Nous avons beaucoup en commun, toi et moi.

— Puis-je t'inviter à dîner ? dis-je avec un soudain désir de rester en sa compagnie.

— Oh ! Je ne mange jamais le soir. De toute manière, je me nourris de peu... et j'ai cette toile que je dois terminer...

Le mystère plane à nouveau. Cet homme se dérobe, m'échappe complètement. Je suis bien un peu déçue. J'aurais mille questions à poser, mais je respecte cette distance qu'il impose entre nous. Je me rappelle combien mon père était peu loquace lorsqu'il peignait. Il vivait alors replié sur lui-même, tout à son art. De manière presque obsessive. Mon hôte soudain se lève pour me signifier que ma visite tire à sa fin. Avant de le suivre dans l'escalier, je pose un dernier regard sur la photo géante de l'adolescente que j'ai été et je me dis que la vie nous réserve parfois de curieuses surprises. Et je ne suis pas sans penser que mon nouvel ami cherche peut-être à me courtiser et ne sait trop comment s'y prendre.

En traversant l'atelier, je remarque sur le chevalet la toile qu'il désire terminer. Il s'agit de la peinture sur laquelle je l'ai vu travailler il y a quelques jours, mais elle est maintenant deux fois plus grande. Sans doute a-t-il décidé de la reprendre. L'œuvre semble presque achevée. Sous le ciel blanc aux traînées mauves, on distingue clairement, à présent, une église ainsi que deux silhouettes qui se dessinent entre les arbres. L'atmosphère recueillie qui se dégage du tableau donne l'impression de pénétrer en un village du siècle dernier, d'entendre les cloches sonner… je m'approche pour mieux voir.

— Une mère et son enfant, me lance Charles-Émile, posté derrière moi. Il s'agit de *L'église de l'Angélus*, une toile bien connue, inspirée du petit village de Barbizon en France, situé près de la forêt de Fontainebleau. J'en peins la reproduction. J'essaie de saisir le mystère de ce tableau…

Je sens son souffle dans mon cou, son odeur qui se colle à moi… me vient l'envie soudaine de me retourner et de me lover dans ses bras… la tendresse d'un homme me manque depuis si longtemps. Mais nous demeurons tous deux immobiles, scrutant le tableau, sans rien tenter pour nous rapprocher davantage. Charles-Émile finit par s'éloigner. Je le suis. Il me remercie encore pour l'aménagement et m'embrasse sur la joue. Je le quitte sur ce dernier geste qui me laisse songeuse sur ses intentions. Quant à mon élan de tout à l'heure, il me déconcerte.

Devant ma porte, Renaud a déposé l'autre chaise berçante couleur sang-de-bœuf, deux fauteuils en rotin, un guéridon, le paravent chinois et une caisse de carton. J'attendrai à demain pour réaménager un peu mon salon. Je me sens lasse. Le crépuscule qui s'installe teinte vaporeusement la montagne de mauve, les contrebasses, sur la rive du lac, s'accordent et le concert des grenouilles va bientôt commencer. Je n'ai pas faim, moi non plus. Je m'assieds à ma table de travail, face à la fenêtre de l'Est. J'observe le profil d'un homme que je vois allongé sur la montagne et dont le visage s'offre à la voûte des étoiles qui s'allument une à une. J'ai toujours pensé qu'il s'agissait de feu le poète Alfred Desrochers. L'Homme de l'Est qui dort sur la montagne, c'est lui. Éblouissement !

Cher papa.

Un homme singulier vient de surgir dans le paysage de ma vie. Tout comme toi, il passe ses journées et ses nuits à peindre, comme envoûté par une vision intérieure, happé par quelque chose qu'il tente de saisir mais qui lui échappe. À l'observer, je te revois en compagnie de ton ami René que tu appelais « le cher peintre ». Qu'est-ce qui animait tant votre passion, vous faisait lever à l'aube pour vous retrouver en des paysages encore baignés de sommeil, votre chevalet sur l'épaule et la mallette de couleurs à la main ? C'est sous l'influence de ce cher ami que tu as commencé à peindre ces scènes de campagne où de vieilles granges devenaient poèmes sous tes pinceaux. Par touches de couleurs flamboyantes, tu leur faisais raconter un passé glorieux ou tu inscrivais dans les plis de leurs robes ajourées, moisies, le temps qui les avait flétries. Aujourd'hui, tes tableaux me consolent de ton absence.

Mais cette nuit, papa, je veux t'entretenir de quelque chose qui te semblera peut-être un peu bizarre, mais je me pose tout de même la question suivante : la petite maison jaune que tu as peinte au bout de la prairie et qui est en tout point pareille à celle où habite mon voisin, est-ce un signe qu'il est temps pour moi d'accepter quelqu'un d'autre dans ma vie ? Je suis soucieuse. Dois-je poursuivre cette nouvelle relation qui semble être en lien avec toi, avec Émile et Jacques ? Dis-moi ? Que vient faire Charles-Émile Jacques dans ma vie ?

Je dépose ma plume et sors sur la terrasse, comme si, là, une réponse allait venir.

L'astre lunaire perce la toile sombre des nuages et la surface du lac s'illumine. Une phrase du grand Pascal, lue dans la journée me revient : « Tu ne me chercherais pas si tu ne m'avais trouvé. » Je pense à mon voisin Charles-Émile qui cherche peut-être Dieu ou, formulé autrement, un nouveau sens à sa vie ?

Cherchons-nous tous jusqu'à notre mort le sens de la vie ? Moi aussi je suis en quête de sens. Je n'avais pas prévu de me retrouver seule… SEULE… SEULE… le mot résonne dans tout mon être.

Où va ma vie à présent que je n'ai plus de famille, ni enfant, ni mari ? La lune veillait sur ma métamorphose. Me voici tout à coup apaisée. La réponse est venue. Je ne suis plus seule. Je quitte le monde des disparus pour aller vers celui des êtres qui appellent encore la vie.

Quelque chose en moi, cette nuit, vient de changer.

Les fauteuils en rotin ont été placés devant la fenêtre panoramique, la chaise de mes aïeules près du foyer. Ce matin, une certitude m'habite : le temps est venu de me libérer du passé, de ne plus être prisonnière de mes pensées. Dans un élan de liberté, tout déménage et change de place. Jusqu'aux bibliothèques qui ne sont pas une mince affaire à bouger ; vider chaque armoire, la déplacer et y remettre à nouveau son contenu. Je souffle, je siffle, c'est la grande virée !

Le manuscrit, posé sur mon secrétaire, semble m'espionner et je lui fais la grimace à chaque fois que je passe devant lui. À ses côtés, la photo de mon cher amour, qui sourit, a l'air de me dire : « Ça n'est pas si grave… » Ah ! Merci, merci, toi tu peux comprendre cet état, tu l'as vécu souvent. Il y a certains jours où l'on ne peut écrire, comme s'il nous fallait en priorité vivre. Vivre le temps qui passe, plonger au cœur des émotions qui nous assaillent, accueillir les questionnements, traverser les déserts, affronter les vertiges, inviter le changement. Vivre toutes ces choses qui finalement nourrissent l'écriture. Et ce matin, je vis. Je me renouvelle. Je change de cap. La maison retrouve un espace plus dégagé. Plus dépouillé. J'emballe plusieurs objets et ne garde que les œuvres d'art qui me touchent particulièrement, comme la tête de chaman sculptée dans un bois de chevreuil et la sculpture d'un guerrier acaya que j'ai rapportées de voyage. Il monte la garde près de la porte d'entrée. Il me protège.

Après trois heures de ce vaste remue-ménage, satisfaite et en sueur, je sors prendre ma douche à l'extérieur. Puis, enroulée dans une serviette-éponge, je m'allonge enfin pour me reposer.

Au loin monte la musique d'un violon familier mais qui reste encore mystérieux, il se fraie un passage à travers la prairie fleurie, frôle ma chair qui s'éveille. Je me surprends à espérer que des mains inconnues arpègent mon corps depuis trop longtemps emmuré, enseveli. Le désir m'habite. Qu'en ferai-je?

DEUXIÈME PARTIE

Une saison pour aimer

Juin

Mon voisin exagère ! Il a peint une douzaine de reproductions du même sujet. Une église au toit de chaume, sous un ciel qui varie d'une toile à l'autre. Les formats vont du plus petit au plus grand, en passant par le moyen. J'ai fait la découverte de cette singulière production il y a quelques jours, après le réaménagement de nos maisons respectives. C'est en retournant à la grange pour remiser quelques cartons, que j'ai déniché les tableaux, cachés derrière un mur de balles de foin, alors que j'allais retirer la tête de chevreuil qui venait d'y tomber. Je suis restée perplexe. Mon nouveau voisin peignait-il donc cet unique sujet ? Je n'arrivais pas à comprendre. Intriguée et pour tenter de percer ce mystère, j'ai décidé de me présenter chez lui en soirée, sous prétexte d'avoir sa signature pour remplir un renouvellement de passeport. De plus, je dois bien me l'avouer, sa présence me manquait. Depuis une semaine, je ne l'avais vu que rarement à l'extérieur. Voilà qu'après l'aménagement du petit boudoir à l'étage, il semblait s'être retiré entre les murs de sa maison.

L'homme qui me reçoit alors à la porte du *Petit Verger* ne ressemble en rien à celui que j'ai l'habitude de côtoyer. Son visage émacié ne sourit plus et de larges cernes creusent ses yeux fiévreux. La barbe n'est plus finement taillée et ses vêtements froissés laissent deviner qu'il s'est fort probablement endormi tout habillé. Cela m'inquiète un peu. Que se passe-t-il pour que je le retrouve dans un état pareil ?

— Charles-Émile, bonsoir…

Mon voisin, ordinairement si amical, ne m'invite pas à entrer. Il se tient derrière la porte moustiquaire qu'il n'a même pas daigné ouvrir, ce qui le fait paraître encore plus sauvage et reclus.

— Je suis venue te demander quelque chose concernant un formulaire…

— Pas maintenant !

Et il referme la porte d'un coup sec.

Je reviens chez moi abasourdie. Alarmée, préoccupée par l'état de mon nouvel ami. Son comportement m'apparaît désordonné et dénote un accablement sérieux.

Le lendemain je décide de lui déposer un mot dans sa boîte aux lettres.

Cher Charles-Émile,

Je me fais du souci pour toi. Tu m'as semblé ne pas être dans ton assiette. Puis-je faire quelque chose ? Ta voisine écrivaine.

Mon voisin ne m'a fait signe que deux jours plus tard.

Il vient d'appeler pour que je lui rende visite et me donne la consigne de ne pas attendre qu'il vienne m'ouvrir, de frapper et entrer.

J'enfile à toute vitesse un blouson et traverse la prairie à grandes enjambées. La rosée du matin fait crisser l'herbe sous mes bottes de caoutchouc. À mesure que je me rapproche du *Petit Verger*, la mélodie aux accents funèbres qu'il écoute depuis des semaines se fait entendre plus distinctement et me fait craindre le pire. Arrivée sur place, je vois que tout est figé depuis ma dernière visite. Ses bottes crottées et délacées bâillent sur le perron, son béret mouillé traîne par terre et un sac d'ordures éventré laisse échapper des pelures d'orange ainsi qu'un morceau de pain moisi. Je fais comme il me l'a dit : je frappe à la porte et entre. Dans l'atelier règne un ordre absolu, presque anormal et qui contraste avec le désordre de la terrasse. Sur la longue table, impeccablement rangée, tous les pinceaux ont été nettoyés, les tubes de peinture soigneusement alignés, les chiffons pliés.

C'est maintenant le *Requiem* de Mozart qu'on entend. Je reconnais la célèbre messe chantée à mesure que je m'avance dans le couloir menant vers ce qui m'apparaît être la chambre. En effet, je distingue un corps allongé sur le lit. Je m'arrête. Le cœur me cogne dans la poitrine.

J'arrive enfin jusqu'à l'embrasure de la porte et je découvre mon voisin, couché sur la courtepointe, habillé de jeans et de sa chemise de laine rouge alors qu'il fait une chaleur suffocante. Le soleil du matin éclate sur la fenêtre à peine entrouverte. Il règne dans cette chambre une atmosphère mortuaire qui me donne envie de déguerpir au plus vite. Muet, mon voisin tend sa main qui ressemble à une étoile rouge, tant les veines sont gonflées. Je m'assois sur le lit, à ses côtés.

Oh ! Mon Dieu ! Que se passe-t-il ici ? Je reste bouche bée. Magnifiquement exécutée, avec beaucoup plus de talent que tous les autres tableaux que j'ai découverts dans la grange, l'église de l'Angélus a été peinte sur toute la surface du mur qui se trouve à la tête du lit ! Quelle fresque ! Cette fois-ci, le pinceau méticuleux, la lumière bleutée venue du ciel, le mariage des teintes sombres donnent au sujet toute sa dimension mystique. À présent, on distingue clairement, au premier plan, les silhouettes d'une femme vêtue de noir qui accompagne un enfant. Ils se dirigent vers l'entrée de l'église.

Je reste là, muette, comme si des anges prêtaient leurs voix graves à la magnificence de ce mur peint qui s'offre à mes yeux. Et les différents mouvements du *Requiem* se succèdent, le *Dies irae*, le *Recordare*, la sereine splendeur de cette marche aux cieux évoquée par le *Lacrimosa*, suivi de la lumière irradiante du *Domine Jesu*... Un souvenir veut refaire surface... que je réprime. Mon regard accroché à la fresque revient vers Charles-Émile. Étrange impression de veiller un défunt dont la main pourtant, demeurée toute chaude, s'agrippe à la mienne. Son regard parfois se pose sur moi avant de s'évader à nouveau dans un monde éthéré.

Alors qu'il repose, me voici, à mon tour, happée par la force mystérieuse de ce tableau. Mon voisin serait-il un grand peintre ?

Je me souviens, à la fin des années cinquante, être allée avec mon père rendre visite au peintre Arthur Villeneuve. Artiste naïf, il peignait son imaginaire foisonnant sur les murs intérieurs et extérieurs de sa maison. On le traitait de fou et d'hurluberlu. Sa famille eut à subir pendant de nombreuses années les sarcasmes du voisinage avant que ce barbier, car là était son métier, soit reconnu comme un grand artiste de la peinture naïve. Aujourd'hui, sa maison a été transportée et est exposée dans un musée de la ville de Saguenay.

Pourquoi Charles-Émile est-il obsédé par son sujet et par l'*Ode funèbre* et son *Requiem* dont on a dit qu'il était le testament de Mozart ? Je ne crois pas qu'il soit fou. À le voir se délasser ainsi, tranquille, sa belle tête cendrée sur l'oreiller, il a plutôt l'air d'un enfant inoffensif qui aurait vieilli d'un coup, comme si son visage portait les traces d'une longue maladie touchant à sa fin… Ma main toujours dans la sienne, je me mets à pleurer comme une Madeleine… J'ai le sentiment de me retrouver au chevet de mes chers disparus. Charles-Émile ouvre les yeux pour me regarder avec tendresse, comme s'il devinait mes pensées. Le *Requiem* s'achève sur une plainte funèbre, mais surtout prière extrême, implorant la miséricorde divine qui laisse l'espoir d'une vie nouvelle. Pièce musicale qui exprime avec une force véhémente la foi et la souffrance d'un être humain, à laquelle mon voisin s'identifie, je le vois bien maintenant.

Je reprends peu à peu contenance et Charles-Émile commence alors à me raconter la singulière histoire de sa vie.

Né à la fin des années cinquante, il a grandi en banlieue de la métropole. Une vie de quartier, mensongère et ennuyante pour un adolescent précoce. Il me parle peu de son enfance, comme s'il s'agissait d'une période oubliée ou occultée. Le récit de sa vie commence réellement avec le décès de sa mère, alors qu'il a tout juste quinze ans. Je crois comprendre que cette femme était son point d'ancrage dans la famille, qu'elle fut le phare de sa vie et que son départ anticipé a plongé le jeune homme qu'il était alors dans une sorte de vertige. Son existence, à partir de ce jour, bascule du côté de l'ombre. Se succèdent des années tumultueuses où, refusant toute forme d'autorité, l'adolescent révolté se retrouve dans des situations où il est abusé et trahi. Dans la vingtaine, il s'accroche à un seul besoin, celui d'être aimé. Peine perdue. Il se marie pour divorcer peu d'années après. Un enfant naît de cette union. Il n'ajoute rien de plus sur ce fils qui pourtant semble le décevoir.

À cette évocation, la voix de Charles-Émile se noue et il se tait un instant avant de reprendre son monologue. C'est alors que j'ai droit à une confidence qui me bouleverse. Il est séropositif depuis 1994, refuse toute médication et est en arrêt de travail depuis 2004. Voilà la véritable raison qui l'a amené, il y a quelques mois, à venir s'installer à la campagne. Le besoin, l'urgence même de faire un bilan de cette vie qui, jusqu'à présent, a été consacrée au travail, travail, travail. Il a répété le mot. Pendant plus de vingt ans, il a été réalisateur pour une maison de production privée. Il a adoré ce métier où il a pu exprimer à loisir sa créativité. Mais cette carrière, désormais derrière lui, le laisse démuni, solitaire, et voilà pourquoi il a commencé à peindre.

Il n'ajoute pas trop de détails au sujet de sa vie personnelle, se contentant de me déclarer qu'aucun amour n'est venu enrichir sa vie depuis qu'il est devenu sidéen. « Je refuse catégoriquement, et il a insisté sur ce mot, d'aimer et d'être aimé. Le seul véritable amour que j'ai connu fut celui de maman. » Quand il prononce cette phrase, je suis témoin, dans son regard, du chagrin inconsolable de l'enfant qu'il a été et je comprends qu'il faudra plus d'une vie pour accepter ce passé douloureux.

Il cesse de parler. L'émotion se dissipe peu à peu. Quand enfin il reprend la parole, sa voix calme du début s'éraille et je le sens s'essouffler.

— Charles-Émile, veux-tu te reposer un instant? Je peux aller m'asseoir sur la terrasse et revenir tout à l'heure.

Il hésite. Je le vois aux prises avec un trop-plein. Visiblement il est très ébranlé. Me raconter d'une traite les grandes lignes de sa vie lui a demandé un effort démesuré. Il finit par acquiescer et je quitte la chambre après avoir retourné ses oreillers et lui avoir donné à boire de l'eau fraîche.

Je n'ai rien appris de plus sur l'obsédant tableau qui consume les jours et les nuits de mon voisin, mais le récit de sa vie suffit largement à alimenter ma réflexion. Sur la terrasse qui surplombe la prairie, je m'allonge dans un transat et tente de décanter les révélations pour le moins délicates que je viens d'entendre. Je suis abasourdie et fascinée tout à la fois. Mon voisin, en apparence si secret, se livre avec tant de franchise. C'est certes, de sa part, une marque de confiance à mon égard. Je comprends mieux à présent cette distance qu'il a toujours maintenue entre nous.

Dans quelles circonstances a-t-il contracté le virus maudit? Est-ce lors d'une relation sexuelle non protégée? Ou autrement? Peut-être est-il homosexuel? Et pourquoi refuser toute médication? Est-ce parce qu'il ne tient plus à la vie? Pourtant, je le découvre passionné pour plein de choses dont l'horticulture et la peinture…

Et son fils ? Ne désire-t-il pas vivre tout au moins pour son fils ? Il n'a soufflé mot de son père. Quelle a été leur relation ? Elle semble avoir été inexistante.

Je lance toutes ces questions au vent qui vient de se lever et balaie les foins qui ondulent comme une abondante chevelure dorée. J'en suis là dans mes pensées quand j'entends la porte moustiquaire grincer et aperçois Charles-Émile, le pas chancelant, qui arrive. Le visage plus détendu, il prend place à côté de moi

— Ça m'a fait du bien de parler... merci de m'avoir écouté.

Je ne dis rien. J'attends. Il a besoin encore de dire, raconter, s'épancher. Autant, dans les semaines précédentes, il a été fuyant, se présentant chez moi pour repartir aussitôt, me faisant cadeau d'une phrase pour soudainement se taire la seconde d'après, autant cette fois-ci, je le vois disposé à ne plus arrêter le mouvement qui s'est emparé de lui. Il expulse son passé comme pour ouvrir son cœur fermé, cadenassé depuis des années.

— Je voudrais te demander, Jeanne, as-tu commencé à écrire quelque chose de nouveau ?

Sa question me désarçonne. Elle vient pertinemment me chercher dans mon questionnement des derniers jours.

— Oh ! J'ai recommencé à écrire, mais bien timidement. Je ne suis pas certaine de mon sujet... enfin... pourquoi ?

— Je voudrais te proposer... une idée.

— Ah oui ?

— Cette idée est en lien avec *L'Angélus*...

Soudainement, il semble épuisé.

— Si tu veux bien m'excuser, je t'en parlerai une autre fois... Je dois aller m'étendre à nouveau... Au revoir, chère écrivaine.

Sa main se pose alors sur mon visage en une caresse presque pudique.

— Penses-y... nous en reparlerons.

Et il se lève. Avant de claquer la porte, il se retourne pour ajouter :

— Merci encore pour ce moment de tout à l'heure... et il disparaît.

C'est confuse et envahie d'une profonde tristesse que je retrouve ma solitude. Je lui ai écrit : « Puis-je faire quelque chose ? » Sa réponse vient de me frapper de plein fouet. Il veut me proposer d'écrire... mais quoi exactement ? Me choisit-il pour livrer un dernier témoignage avant de quitter cette vie ?

À cette idée, je suis prise de panique, mais je suis soulagée d'entendre sur mon répondeur la voix de ma grande amie Marielle qui, de retour de voyage, s'invite pour la fin de semaine. Je m'empresse de la rappeler pour lui dire que j'irai la chercher demain au terminus d'autobus de la ville voisine. Ma copine ne conduit pas et s'accommode sans problème des transports en commun.

Marielle s'en vient et c'est inespéré. Assez de solitude ! Charles-Émile et ses confidences me bousculent et je commence à ressentir le besoin de sortir de ma tanière et de voir d'autres gens. Je me suis assez encabanée depuis le printemps. J'ai systématiquement refusé toute invitation, prétextant l'écriture d'un nouveau roman. Ce qui n'est pas faux, mais pas tout à fait vrai. Je suis davantage en gestation, mais il est grand temps de quitter mon isolement.

Je monte à l'étage me faire couler un bain. Ne plus penser à rien, me laisser sombrer dans la torpeur de l'eau chaude qui me procure instantanément un effet bienfaisant. Je ferme les paupières. J'essaie de faire le vide. Pas facile. Le *Requiem* résonne avec fracas dans ma tête et cette phrase « Je refuse catégoriquement d'aimer ou d'être aimé… » ne cesse de me harceler. À cet instant, je comprends qu'il ne peut y avoir de relation entre Charles-Émile et moi. Voilà la vérité qui vient de m'être assenée. Et la perte de mon cher amour se fait plus cuisante, brûlant mon être de l'intérieur. Je l'ai presque trahi ! En tout cas, moi j'ai aimé. Et cet amour m'a été enlevé. Une colère insensée monte brusquement en moi. Contre la vie, contre Dieu, contre l'existence. Je pleure abondamment, mon corps secoué de sanglots.

Vidée, je viens d'épuiser mes dernières forces.

L'eau du bain devenue tiède, j'ouvre les yeux. L'orage intérieur est passé me laissant apaisée. Sur le rebord de la baignoire, appuyée sur un petit chevalet, une pierre d'ardoise affiche en lettres d'or cette inscription :

« Ce qui remuait en lui semblait n'avoir rien à faire avec les choses accomplies ou à entreprendre dans l'immédiat. C'était une fébrilité intense, mais sans objet apparent. Peut-être qu'en lui un lointain accomplissement commençait cette nuit à prendre vie. »

C'est un cadeau que mes amis m'ont offert lors de mon dernier anniversaire. À relire cette citation de Gabrielle Roy, une auteure que je chéris tout particulièrement, je suis persuadée que cette phrase m'était destinée. Elle annonce, de manière précise, ce qui va arriver. À cet instant, je ne doute plus que ma plume deviendra l'instrument d'un destin que je ne saisis pas encore très bien, mais qui commence cette nuit à prendre vie.

Je me rhabille et sors faire les courses au village en prévision de l'arrivée de Marielle. En passant devant *Le Petit Verger,* j'aperçois Charles-Émile qui travaille dans son parterre et me fait un signe de la main. Je suis rassurée de le voir à nouveau les mains dans la terre, signe que la vie, en lui, refait ses racines. Je mets le dernier disque de Pierre Lapointe et chante avec lui à tue-tête :

Je les entends toujours qui m'appellent
Les hurlements de l'ange rebelle
Massacrant l'apparat de nos amours
De nos fastes amours, Ô toi ! mon pauvre amour.
Qui sait si j'ai eu tort
De proclamer sa mort
Au milieu de la nuit
Au beau milieu de la nuit.

Je roule dans l'été chaud, grisée par la voix du chanteur qui semble faire écho à la mienne. Ma voix intérieure, qui me chuchote de cesser d'avoir peur. De la mort. Elle n'est qu'un passage, une étape. Je dois avoir confiance, je saurai accompagner mon voisin, s'il devait, un jour, s'embarquer sur les eaux du fleuve éternel.

Mon amie Marielle, lorsqu'elle vient pour quelques jours, transporte comme à son habitude trois volumineux sacs de voyage remplis de vêtements, de souliers, de bijoux, tout comme si elle partait en vacances pour trois semaines. Je suis ravie de la retrouver telle que je l'aime : extravagante et colorée. Elle est descendue de l'autobus en grand apparat, drainant tous les regards. Avec sa fougueuse tête argentée retenue dans un foulard orange comme pour la dompter, sa tunique et son pantalon blanc brodé, ses colliers de verroterie au cou et ses bracelets aux poignets, on dirait une danseuse hindoue. Tout le monde la dévisage, croyant reconnaître une célébrité. Mon amie s'en amuse. Elle a toujours été en marge, cultivant cet art de l'habillement hétéroclite comme d'autres privilégient le style classique. Dans tout ce clinquant des couleurs et des accessoires, Marielle demeure pourtant nature : à part les lèvres peintes en rouge vif, aucun autre maquillage, seulement sa peau de porcelaine irradiante. Elle est comme un soleil levant.

Nous nous faisons l'accolade dans le rire et les larmes, heureuses de nous retrouver.

J'ai mille questions à lui poser. Je la soupçonne d'en avoir long à me raconter, comme toujours lorsque nous nous retrouvons en tête-à-tête. Quand nous arrivons à la maison, j'installe ma princesse orientale dans la chambre d'amis et redescends préparer l'apéro.

Elle me rejoint dehors, changée, arborant cette fois une djellaba turquoise et des mules blanches ornementées de pastilles miroirs. Ses pieds menus scintillent sur les dalles de pierre de la terrasse, on dirait qu'elle danse plutôt que de marcher.

— Ah ! Princesse ! Je suis heureuse que tu sois là !

Elle sourit avec bienveillance, comprenant, sans que j'aie besoin de le dire, ce qui m'habite. Entente complice, fruit d'une amitié de longue date. Rare et précieuse. Nous nous sommes connues alors qu'elle dirigeait le service marketing d'une importante chaîne de distribution avec laquelle ma maison d'édition fait affaire. Elle y a travaillé plusieurs années, se donnant corps et âme à l'entreprise, jusqu'au jour où elle en a eu assez « de ne plus avoir de vie », comme elle dit, et elle a tout « sacré là » (sa façon de parler, franche et directe) pour s'impliquer dans un organisme humanitaire qui œuvre en Inde. Son séjour là-bas a chambardé sa vie. Aujourd'hui, la priorité n'est plus à la performance, mais à la qualité de vie. Mon amie s'est récemment découvert une passion pour la photographie qu'elle pratique en amateur, mais où se dévoile une capacité remarquable de percevoir la nature humaine. Le visage des personnes âgées est devenu son sujet de prédilection. Son œil sait capter de façon originale l'essence des êtres, comme si chaque visage portait son lot de richesse, de sagesse. Depuis son retour de l'Inde, elle s'est également mise à la pratique de la méditation et du hatha-yoga. Les fins de semaine, sa maison devient une sorte d'ashram pour ses amis en quête de ressourcement. Elle y organise régulièrement des ateliers de toutes sortes: massage, nutrition entre autres.

Alors que nous sirotons doucement un verre de rosé, dans un crépuscule rose fuchsia, elle me raconte, enthousiaste, son dernier atelier.

— Ç'a été une révélation! Je viens de réaliser que je suis fondamentalement une artiste. Pourquoi tu penses, tous ces tableaux que j'achète depuis des années pour couvrir les murs de mon appartement? J'ai toujours vécu mon côté artiste par procuration, tu comprends?

Et Marielle se met à m'exposer en détail l'analyse qu'elle en a faite au cours du dernier mois, alors qu'elle participait à un atelier intensif dans un Centre holistique de la Californie sur le thème «Art & Soul». L'Art et l'Âme, rien de moins.

Je l'écoute, amusée par la manière dont elle relate son cheminement vers la révélation, comme elle la nomme, et je suis émue de constater que mon amie touche, de façon tangible, à son essence créatrice. J'ai toujours cru qu'elle avait une âme d'artiste. Après chacune de mes publications, une fois sa lecture achevée, elle souligne l'événement en m'offrant un objet confectionné de ses mains représentant sa perception du livre. J'ai eu, entre autres, un abat-jour, un coffret, un collier, un bracelet, un foulard, des photos…

— Alors, j'ai pris une grande décision, me dit-elle, j'achète une galerie d'art.

— Où ça ?

— Sur la rue Amherst à Montréal. Une galerie est à vendre, celle-là même où je m'approvisionne en objets et tableaux. J'ai fait une offre d'achat hier.

— Tu ne perds pas de temps, t'es revenue il y a trois jours !

— Ma fille, c'est maintenant ou jamais.

Et la voilà repartie de plus belle dans l'analyse de ses comportements et surtout la description de cette galerie qu'elle fréquente depuis des années et qui possède une excellente clientèle.

Nous causons ainsi quelques heures, poursuivant à table. Je lui raconte ma tournée littéraire du mois d'avril et lui glisse quelques mots au sujet de mon nouveau voisin. En apprenant qu'il est peintre et célibataire, Marielle s'écrie immédiatement qu'elle tient à le rencontrer. Cela me fait sourire, car mon amie, seule depuis un certain temps, est toujours curieuse de connaître des hommes qui ont le même statut qu'elle. Comme le lui répète sa voisine italienne : « Bah ! Mariella ! Ne t'en fais pas ! Un jour tu le rencontreras le chic, le chèque et le choc ! » Et chaque fois son rire fuse, car elle se moque bien un peu d'elle-même tout en ne ratant jamais une belle occasion de rencontre. Ma princesse vit seule en son royaume depuis des années, mais son lit n'est pas désert pour autant. On découvre vite, outre son style éclatant, la rondeur délicate de son visage et la beauté gourmande de toute sa personne.

Avant de me saluer pour la nuit, mon amie vient déposer une petite enveloppe sous la roche, près de l'urne funéraire.

— C'est une petite demande que je veux adresser à ton cher amour. Qu'il m'aide à obtenir cette galerie d'art.

Elle me sonde pour tenter de deviner à quelle étape de mon deuil je suis rendue. J'essaie de ne rien laisser paraître et de me donner une contenance sereine, mais ma vieille copine n'est pas dupe. Je vois bien qu'elle perçoit le vert-de-gris qui m'entache le cœur. Mais ce soir je ne me sens pas prête à m'épancher, à replonger dans les événements des dernières semaines. Je ne veux pas la mettre au courant de ce qui se passe réellement avec mon intrigant voisin. Je choisis la discrétion. Je l'embrasse.

— Bonne nuit, Princesse !

— Bonne nuit, ma Loulou.

Je m'appelle Jeanne, mais mon amie m'a toujours surnommée ainsi. Je suis sa Loulou.

Le chant grégorien des moines qui célèbre notre réveil dominical, la bonne odeur du café et le parfum des brioches qui embaument la maison ne tardent pas à faire apparaître la princesse des mille et une nuits, chevelure en vague houleuse sur les épaules, pieds nus aux ongles peints en harmonie avec la teinte rubis de son somptueux kimono brodé de dragons et de fleurs de lotus. Elle me salue comiquement en me faisant la révérence comme un prêtre officiant à la messe et me dit, l'œil narquois :

— ... le Seigneur soit avec vous !

— Bonjour, Marielle, bien dormi ?

— Le bonheur ! Retrouver les pitpit qui gazouillent dans le petit matin et entendre défiler toute une procession de moines... des plans, ma Loulou, pour me faire rester au lit !

Et nous rions de bon cœur à son humour coquin.

— Ah ! Je vois que tu portes toujours la vieille doudou en chenille de soie mauve que ton cher amour t'a offerte, il y a mille ans ! T'es vraiment une femme fidèle ! Trop, peut-être ? Hum ? Personne à l'horizon ? me demande-t-elle en penchant la tête.

Je lui réponds d'un sourire énigmatique en haussant les sourcils, ce qui attise encore davantage sa curiosité et je fais diversion en allant lui préparer un café au lait moussé. Je la laisse à sa contemplation matinale de la vallée brumeuse qui s'éveille elle aussi. Je retourne à mon écriture.

Une fine pluie d'été commence à tomber. La vallée s'embrume. Un homme dort, couché en boule au pied d'un chevalet. Épuisé. Vidé. Meurtri. La sève s'est retirée de lui. Immobile, il attend. Il espère. La mort. Qu'elle vienne le surprendre avant qu'il n'ouvre les yeux. Qu'elle le prenne avec délicatesse pour le porter sur l'autre rive, là où s'élève une église qui sonne l'heure du trépas...

Je lève les yeux pour voir revenir Marielle qui est allée se baigner au lac. La voici qui court sous la pluie. Je quitte ma table de travail et l'accueille avec une grande serviette.

— Alors, que fait-on aujourd'hui ?

— J'ai pensé qu'on pourrait assister à la messe à l'abbaye de Saint-Benoît-du-Lac.

— Belle idée, ma Loulou, il y a longtemps que je n'y suis allée.

Nous nous faisons belles pour l'office dominical qui sera suivi d'un déjeuner dans les environs. Sans nous consulter, nous avons revêtu des tenues aux teintes rose et mauve, comme si la grisaille du jour nous incitait à un brin de romantisme. Sur mes épaules, une caresse de mon amie, un châle de soie qu'elle m'a rapporté de voyage. Nous prenons la route.

— Si je proposais à mon voisin Charles-Émile de nous accompagner ?

Mon amie acquiesce avec entrain et je bifurque pour m'engager dans l'entrée qui mène au perron du *Petit Verger*. Mon voisin apparaît avant même que nous descendions de voiture. Je fais les présentations. Charles-Émile est souriant ce matin. Il ne quitte pas des yeux Marielle qui, volubile, s'extasie sur la beauté des plates-bandes de capucines et de fleurs de pavot rouges. Visiblement, mon voisin la trouve pétillante et intéressante. Je lui fais part de notre invitation qu'il accepte sans hésitation.

— Vous me donnez quelques minutes pour me changer ? Je reviens. Et le voici reparti.

— Eh bien, dis-je, je crois que ça lui a fait plaisir.

Marielle affiche un drôle d'air ; elle retrousse le nez comme lorsqu'elle réfléchit intensément.

— Quoi ? Qu'est-ce qu'il y a ? Il t'a fait mauvaise impression ?

— Non… ce n'est pas ça… mais… il me semble que je l'ai déjà rencontré…

Et la voilà qui cherche… qui cherche… sans trouver évidemment. Mon amie a cette curieuse manie d'avoir le sentiment de reconnaître quelqu'un, sans toutefois se souvenir dans quelles circonstances la rencontre a eu lieu, et cela la rend folle ! Je sais d'avance qu'elle va passer les prochaines heures à essayer de retrouver où, quand et comment elle a peut-être croisé Charles-Émile. Pour la taquiner, je lui dis en plissant le nez comme elle :

— Faut pas t'en faire, moi je retiens pas les noms et toi ce sont les lieux. On fait la paire !

— Dis-moi, ma Loulou, est-ce que cet homme t'intéresse ? me demande-t-elle de manière soudaine.

— Princesse, ne commence pas à me prêter des intentions. L'homme me plaît, certes, mais pas comme amant, et de toute manière je ne crois pas qu'il soit disposé à…

— Tu m'as dit qu'il était célibataire, non ?

Le retour de Charles-Émile ne nous laisse pas le temps de poursuivre cette conversation. Le voici endimanché à sa façon. Un jeans, une chemise blanche et son béret à carreaux. Le clin d'œil de Marielle me confirme que le charme de mon voisin a opéré. Tout ce qui sort de l'ordinaire, elle apprécie. Je me dis que pour le reste on verra bien.

La voiture file sous un ciel presque blanc. Le long de la route, les fermettes s'enjolivent de volets rouges, verts ou jaunes et les balles de foin, roulées dans les prairies, offrent le plus poétique des décors champêtres. Ne manquent même pas les laitières qui broutent, toutes alignées dans la même direction, signe que le temps est aux averses. Pour l'instant, la pluie du matin a cessé. Au bout du chemin de terre battue qui traverse de vastes clairières, l'abbaye bénédictine s'élève dans la promesse d'un jour tout de même béni.

— Tu es déjà venu, Charles-Émile ?

— Non, c'est ma première visite, me répond-il ébahi devant la majesté des lieux.

La cloche sonne l'heure de l'office, et les fidèles, des estivants pour la majorité, s'approchent. Marielle et moi précédons notre invité. À un moment, je me retourne pour surprendre mon voisin qui s'est arrêté et contemple cette abbaye à l'architecture imposante. J'avertis Marielle qui continue et je reviens me poster aux côtés de Charles-Émile dont le regard est accroché au clocher qui, de haute stature, domine tout le paysage environnant. De loin, il guide le visiteur vers ce lieu de prière où des hommes ont choisi de vivre selon la règle de saint Benoît : obéissance, silence, humilité. C'est de cette tradition que je viens m'inspirer lorsque je fréquente ce lieu saint. J'y puise un recueillement, une paix intérieure qui fortifient ma foi. En compagnie de mon nouvel ami, je ne dis mot, devinant que le clocher lui en rappelle un autre qu'il peint depuis des semaines, des mois. Finalement, Charles-Émile brise le silence :

— J'ai peur d'y entrer.

— Laisse-moi t'accompagner.

Je le prends sous son bras qui s'est raidi. Nous avançons lentement vers la porte centrale pour pénétrer ensuite dans le vaste vestibule qui mène au couloir que nous empruntons pour nous rendre à la chapelle. L'architecture décorée de mosaïque d'inspiration byzantine confère au lieu une beauté presque irréelle. À mon bras, Charles-Émile s'est abandonné avec confiance et nous rejoignons Marielle qui nous attend près du bénitier aussi large qu'une fontaine. Mon amie, vêtue d'un caftan, ressemble à une prêtresse vaudou et lorsqu'elle lève la main pour nous bénir, nous retenons nos fous rires et filons illico vers le jubé, toujours moins fréquenté et qui pourtant offre une vue exceptionnelle sur la nef. Personne en effet n'y a encore pris place et nous nous installons alors qu'en bas la célébration commence. Les moines, les officiants vêtus de blanc, entrent deux par deux, font un arrêt pour saluer la croix qui surmonte l'autel avant d'aller s'asseoir dans leur stalle. Leurs voix s'élèvent en psalmodies qui font naître en mon âme une paix indicible. Et le souvenir de ma première retraite, en compagnie de mon cher amour, à l'abbaye cistercienne de Rougemont, refait surface. Me revient le parfum des pommiers en fleurs…

C'était au mois de mai, quelques jours avant mon anniversaire. J'avais besoin de repos et nous avions choisi d'aller nous ressourcer en ce lieu de retraite. J'avais été littéralement conquise par le mode de vie monastique, qui nous faisait lever à l'aurore, vers quatre heures du matin. Au moment où la cloche annonçait les vigiles, mon cher amour venait frapper à ma porte. Je retrouvais avec bonheur ce moine adoré, puisque nous dormions chacun dans notre chambrette. Se rejoindre ainsi, dans les matins de prière, au cœur de cette enceinte sacrée, nous était une communion d'amour. Dans le silence de l'aube naissante, nous venions offrir au Seigneur nos remerciements et nos demandes. Remercier d'abord pour cette vie à deux qui comblait notre existence, pour tous ces moments de créativité qui jalonnaient notre quotidien. Pour notre travail d'écrivain certes, mais aussi pour le privilège de vivre en ce « sanctuaire » où nous avions choisi d'habiter. Et demander que nous soit accordée la grâce d'accepter la vie telle qu'elle se présente, avec ses joies nombreuses mais aussi ses déceptions, tourments et chagrins.

Au fil des ans, nous avions pris l'habitude de cette retraite annuelle dans ce modeste monastère, sis au pied d'un vaste verger d'où l'on peut admirer la riche vallée du Richelieu, verdoyante et fleurie quand arrive le printemps, flamboyante à l'automne, dépouillée et muette en hiver. Un lieu de ferveur et de spiritualité heureuse. Je garde de chacune d'elles un souvenir lumineux.

La célébration de l'eucharistie me ramène à Saint-Benoît. Je suis la seule de nous trois à aller communier. C'est dans le *Testament* de l'abbé Pierre, fondateur des Compagnons d'Emmaüs, que j'ai lu que « l'eucharistie veut dire merci ». Je n'ai plus jamais hésité par la suite à faire ce geste de gratitude envers la Source de Vie. À mon retour de la communion, il n'y a plus que Marielle assise à la mezzanine et qui commence à s'impatienter. Elle apprécie les lieux de dévotion mais à petite dose. Nous partons.

— Alors, Princesse ?

— J'ai eu l'absolution de tous mes péchés. Amen ! dit-elle avec un brin d'humour et de sarcasme.

— Où est passé mon voisin ?

Tout en marchant vers la voiture, Marielle m'apprend que durant la célébration elle s'est finalement rappelé où elle avait probablement déjà croisé Charles-

Émile. Curieusement, c'est précisément à la Galerie Sorrentino qu'elle s'apprête à acheter.

— Incroyable, non ?

— C'est bien possible, lui dis-je, peut-être y mettait-il ses toiles en consigne ? Mais où peut-il être ? Ah ! Sans doute à la Tour de Saint-Benoît ! Je reviens.

— Je vais marcher aux alentours en vous attendant.

J'emprunte l'escalier qui mène à la minuscule chapelle de pierre, érigée sur le promontoire qui domine les jardins du cloître. J'y retrouve effectivement Charles-Émile en pleine méditation, retiré dans une encoignure près de l'autel. À l'entrée, une petite assiette contient des médailles à l'effigie du saint patron. Alors que je dépose une pièce de monnaie dans la fente de la petite caisse, Charles-Émile sort de sa méditation, se lève. Mystérieux, comme toujours, il se tait. Le silence aussi est parole, me dis-je. Il exprime souvent plus que bien des phrases. En ce moment, je comprends le mutisme de mon ami à un tournant de sa vie. Discrètement, je glisse la médaille dans sa main et nous quittons les lieux pour aller rejoindre Marielle.

Nous roulons, chacun absorbé dans ses pensées, quand Marielle rompt le silence :

— Dites-moi, Charles-Émile, est-il possible que l'on se soit déjà croisés à la Galerie Sorrentino, rue Amherst, à Montréal ?

Dans le rétroviseur, je vois se transformer le visage de Charles-Émile, assis à l'arrière. Je ne peux décrire exactement ce dont je suis témoin, mais la question de Marielle a fait descendre sur son visage un voile qui a assombri ses traits d'un coup. N'obtenant pas de réponse, mon amie repose sa question et cette fois-ci, les traits se crispent et d'une voix qui n'admet aucun refus, il ordonne presque :

— Jeanne, laisse-moi descendre ici.

Je le regarde interloquée.

— Ici ? Mais on est à 5 kilomètres de la maison et nous pensions t'inviter à déjeuner au Café de la Rivière ?

— Ici. Immédiatement.

Je me range sur l'accotement. Marielle, mal à l'aise, n'ajoute pas un mot. De mon côté, je ne m'inquiète pas trop. Je connais le tempérament parfois tranchant de mon voisin. Avant de sortir, il dit simplement :

— J'ai besoin de respirer.

Je redémarre.

Dans le rétroviseur, je le vois s'éloigner et je pense que Charles-Émile a besoin de reprendre la route là où il l'a laissée un jour. Il redevient le pèlerin qui avance vers sa destinée.

Attablées à la terrasse du café qui longe la Missisquoi, nous faisons toutes les deux des têtes d'enterrement. Marielle, parce qu'elle se sent affreusement coupable, et moi parce que je m'acharne depuis une demi-heure à lui répéter qu'elle n'a rien à se reprocher.

— Comment pouvait-on prévoir qu'une question si banale provoquerait chez lui une si vive réaction ? Arrête de t'en faire !

La pimpante serveuse vient déposer notre copieux petit déjeuner décoré de fleurs comestibles. Ça sent le pain aux noix tout juste sorti du four. La menace d'orage est passée, emportée par le vent du sud, et la poésie environnante réussit à nous dérider et à nous remettre peu à peu de nos émotions.

— Parle-moi de cette galerie.

Marielle me raconte que c'est là qu'elle a acheté la majorité des grands tableaux qui se trouvent sur les murs de son loft. L'un des propriétaires de la galerie est décédé il y a deux ans et voilà pourquoi le commerce a récemment été mis en vente.

— J'avais l'habitude d'aller prendre mon petit café là le samedi matin. Je repartais souvent avec une toile. Tu vas me dire que mon café me coûtait cher, hein ? Ben, tu as raison ! Et là, je veux acheter le commerce ! C'est logique, non ?

Et Marielle retrouve son rire et sa bonne humeur. Pourtant, ce qu'elle vient de me révéler me laisse songeuse. Peut-être, effectivement, Charles-Émile connaissait-il ce commerce et son propriétaire ? Mais pourquoi cette réaction brutale ?

Quelques amis du village entrent et viennent me saluer, je fais les présentations et ils se joignent à nous.

Alors que les conversations vont bon train, j'aperçois, d'où je suis assise, Charles-Émile qui s'apprête à traverser le petit pont qui enjambe la rivière. Laissant là la joyeuse tablée, je m'élance et le rejoins à l'autre extrémité du pont.

— Charles-Émile... Assoyons-nous un instant, veux-tu ?

Un espace fleuri, avec table de pique-nique, est justement aménagé au bord de l'eau. Assis l'un en face de l'autre, nous nous taisons. J'attends. Il est assez rare que je pose des questions, laissant à mon nouvel ami le choix de me confier ce qu'il veut bien me dire. Alors que notre silence se prolonge, le clapotis de la rivière accompagne les voix qui fusent de la terrasse du café et en particulier le rire de Marielle qui s'élève en vrille, tel le chant d'un oiseau moqueur. À notre table, le ton est plus grave. L'ami joue nerveusement avec ses doigts, la tête légèrement inclinée vers l'avant.

— Charles-Émile ?

Il lève enfin son regard. L'immensité du chagrin a dévasté ses traits. Sa lèvre frémit et des larmes voilent ses yeux devenus gris.

— Marco était copropriétaire de cette galerie.

Violemment, son corps est secoué de sanglots rauques qui rugissent hors de sa poitrine. Cet homme pleure comme jamais je n'ai vu pleurer auparavant. Il cache son visage dans ses mains couvertes de petites taches rouges. J'ai la curieuse image de minuscules lumières de Noël qui s'accrochent à ses doigts et pourtant j'assiste, bien malgré moi, à la souffrance de mon ami encore bouleversé par la mort de ce peintre qu'il m'apprend avoir été son amoureux pendant de nombreuses années. Il me raconte comment cette maladie d'amour les a séparés et comment vivre sans lui était devenu impossible. Voilà pourquoi il peint depuis des mois. Pour tenter de se rapprocher de celui qu'il a aimé et qui est parti le laissant meurtri, anéanti. Voilà pourquoi il ne veut plus aimer, ni être aimé. Jamais. Trop de souffrance. Et il répète encore et encore :

— Trop de souffrance... trop de souffrance !

Je reçois ce débordement et soudain tout s'éclaire. Je saisis un peu du mystère qui entoure la vie de mon nouvel ami.

Cette journée du dimanche se termine finalement bien. Charles-Émile revient du village avec nous. En fin d'après-midi, nous l'invitons pour la baignade qu'il refuse, mais il se joint à nous pour le dîner. Au cours du repas, il découvre que Marielle a acheté plusieurs œuvres de Marco. Elle s'étonne que Charles-Émile n'en possède aucune. Encore une fois, trop de souffrance était rattachée à ces toiles. Il se réjouit de savoir qu'elle deviendra fort probablement la nouvelle propriétaire de la Galerie Sorrentino si, bien sûr, elle réussit à séduire l'unique propriétaire actuel, Paolo, le frère de Marco qui, selon les dires de Charles-Émile, n'a été rien de moins qu'un salaud lors des funérailles et chez le notaire. La lecture des testaments révèle de manière éloquente le cœur des êtres qui restent et, dans le cas de Paolo Sorrentino, on pouvait dire que son comportement avait été bien mesquin envers la mémoire de son défunt frère. Charles-Émile, qui avait droit à une partie de l'héritage, avait refusé de se quereller, de se battre pour la succession. Il n'y tenait pas de toute façon et n'avait nulle envie de ternir, par des mots ou des gestes intéressés, le souvenir de sa vie auprès de Marco. Il avait choisi de se retirer et de commencer son deuil dans la paix et, doucement, avec le temps, il avait émergé de la souffrance. Du moins, de celle de l'absence.

Marco avait certainement prévu cette mauvaise issue et avait trouvé un autre moyen d'assurer à son compagnon une fin de vie paisible. C'est tout au moins le sentiment qui m'habite, après que Charles-Émile nous a raconté la triste histoire de ces deux frères, déchirés par les préjugés de l'un et l'impuissance de l'autre à y changer quoi que ce soit. Marco aimait un homme qui s'appelait Charles-Émile. Son frère refusait d'accepter la situation.

Ma princesse est repartie comme elle est venue. Je l'ai laissée au terminus, le vent dans les voiles de son sari rose, la tête enrubannée de mauve. Son sourire si nouveau laisse présager de beaux moments dans la nouvelle étape de sa vie et je pressens même que sa rencontre avec mon voisin y est aussi pour quelque chose. Ses confidences sur son passé ne semblent pas l'avoir contrariée.

Au contraire, elle me chuchote avant de monter dans le car :

— Les hommes qui osent se livrer ainsi sont rares. Cet homme m'a beaucoup touchée. Il a une sensibilité et une authenticité hors du commun.

Elle ajoute qu'elle me tiendra au courant de la transaction et reviendra prochainement passer quelques jours.

À mon retour, je décide de m'arrêter au *Petit Verger*. Une intuition, comme ça. Même si je viens de quitter Charles-Émile. Il y a à peine deux heures, nous avons mangé ensemble, mais je ressens le besoin de me retrouver en tête-à-tête avec lui. Les révélations faites au cours de la journée m'ont chavirée et il me semble important de clore ce chapitre, avant d'aller plus loin. Nous ne sommes toujours pas revenus sur sa proposition d'écriture et je nage encore en plein mystère au sujet de ce tableau, qu'il a même reproduit sur le mur de sa chambre.

Dès le seuil, il me fait signe d'entrer et je le trouve assis près du buffet de la salle à manger. La lampe Tiffany, aux dessins d'iris, projette des reflets bleus sur les murs et le plafond, et un diffuseur d'huile essentielle parfume la pièce d'orange et de lavande.

— Ça sent bon chez toi ! dis-je en venant m'asseoir à la table.

— Une belle journée ! Merci, chère écrivaine. Ça m'a fait le plus grand bien de rencontrer des gens nouveaux… oui… ton amie Marielle, je l'ai bien aimée.

Son sourire en dit long sur son appréciation de ma princesse exotique. Sans plus de préambules, comme s'il avait attendu ma visite, il me demande d'ouvrir le paquet déposé sur la table. Un beau tissu indien l'enveloppe.

— Qu'est-ce que c'est ?

— Tu verras bien… mon héritage, ajoute-t-il mystérieusement.

Délicatement, j'entrouvre la pièce de tissu et ce que j'y découvre me laisse décontenancée. Je lève les yeux vers lui, il sourit.

— Voilà l'original !

J'ai devant moi une gravure signée du peintre Charles Émile Jacque, datée du « 13 sept. 59 » avec cette autre mention : « Barbizon-Chailly, L'Église de l'Angélus ».

À ma mine ahurie, le voisin est assez fier de son coup. Il me renseigne enfin sur ce fameux tableau et sur ce peintre du dix-neuvième siècle qui faisait partie de l'école de Barbizon, là où se réunissaient, entre 1822 et 1870, dans le petit village du même nom, près de la forêt de Fontainebleau, des peintres tels que Rousseau et Millet, chefs de file de cette peinture consacrée à l'étude de la nature ; des peintres paysagistes qui marquèrent l'évolution de la peinture en glorifiant dans leurs tableaux les champs, les bois, les animaux et les paysans. Je ne connaissais rien des peintres de cette période, si ce n'est le célèbre *Angélus* de Millet dont une reproduction trônait dans la salle à manger chez mes parents. Cette toile m'avait toujours fascinée. Je me plaisais à imaginer que ce couple qui, au milieu des champs, rend grâce au

Seigneur, représentait mes grands-parents et je suis certaine que mon père la chérissait pour les mêmes raisons. Ce tableau lui rappelait ses origines modestes de fils de cultivateur, ce dont il était très fier.

— Mais… l'artiste porte le même nom que toi? ajouté-je abasourdie.

— Ou je porte le même nom que cet artiste? dit-il en riant.

— Et c'est vraiment l'original de 1859?

— Absolument!

— Mais comment cette gravure originale s'est-elle retrouvée entre tes mains?

— Ah! ma chère voisine, commence-t-il affectueusement, il s'agit d'une singulière histoire et voilà pourquoi j'ai besoin d'une écrivaine comme toi, pour la raconter!

Au moment du décès de Marco, son frère Paolo avait usé de stratagèmes afin que seulement une minorité de ses biens revienne à Charles-Émile, si ce n'est quelques cartons sur lesquels figurait son nom. Le frère odieux avait bien tenté d'en connaître le contenu, mais s'était finalement résigné à respecter les dernières volontés de son frère cadet et à les remettre encore scellés à Charles-Émile. Pour une fois, il avait fait preuve de respect envers celui avec qui, depuis l'adolescence, il entretenait une relation conflictuelle, en partie à cause de son orientation sexuelle qu'il jugeait très sévèrement.

Au fond, il avait toujours éprouvé à l'égard de Charles-Émile une jalousie presque maladive, jamais assumée, qui débordait dans des comportements souvent irrationnels. Pour cet homme qui, en définitive, avait toujours vécu seul et passablement malheureux, la présence de cet amoureux dans la vie de son frère n'avait fait qu'exacerber sa mesquinerie.

Charles-Émile avait vite compris qu'il valait mieux se tenir à distance. Il était donc reparti avec les quelques cartons que l'autre lui avait octroyés de manière condescendante, et les avait rangés sans même se donner la peine de les ouvrir. La maladie de Marco et ses derniers moments avaient été particulièrement pénibles et pour tenter de survivre à cette perte, Charles-Émile s'était jeté à corps perdu dans le travail, jusqu'au *burn out*. Avec le temps, il avait commencé à accepter qu'il mourrait lui aussi du même mal que son amoureux et il avait choisi de vivre les dernières années de sa vie à la campagne, tranquille, loin de tout. Même de son fils.

— Je désirais, en quelque sorte, me donner l'occasion d'un nouveau départ, malgré la précarité de mon état de santé, ajoute-t-il. Et un jour, en fouillant dans l'une des boîtes, j'ai découvert cette gravure avec ce mot de Marco.

Et il m'en fait spontanément la lecture.

Cher, très cher Charles-Émile,

Je veux que tu puisses avoir tout ce dont tu auras besoin pour la suite de tes jours. Tu as bien pris soin de moi. À mon tour de m'occuper de toi. Voici une gravure singulière, non seulement parce qu'il s'agit de l'original et qu'elle a certainement une valeur marchande, mais aussi parce que l'artiste porte le même nom que toi. Étrange, n'est-ce pas ? Un jour, grand-mère Sorrentino me l'a confiée en disant : « Tu verras, tu en auras besoin. Il y a dans ce tableau un détail qui permettra à quelqu'un de faire la paix avec son passé tourmenté. » Grand-mère Sorrentino, comme le sont beaucoup de vieilles Italiennes, était un peu voyante, comme tu sais. J'ai eu le pressentiment que ce tableau serait pour toi, quand viendrait pour moi le moment de partir. Ce jour est arrivé, et quand tu liras ce mot, je ne serai plus.

Évidemment, mon frère ignore tout de cela. Garde-toi bien de lui en parler.

Sache que je t'ai aimé plus que tout. Ton Marco.

Sa voix se noue sur cette dernière phrase et il attend un moment avant de poursuivre et de me faire part de son questionnement. Il se demande que faire de cette gravure. Est-ce le signe d'un nouveau départ ? Une possibilité d'autonomie financière ? Une dernière chance de dire je t'aime à quelqu'un avant de disparaître ?

Ce soir-là, de retour chez moi, la maison me paraît soudainement bien vide. J'allume toutes les bougies pour faire de mon Sanctuaire une chapelle votive à la mémoire de mon cher amour et de Marco.

Juillet

La vie a repris ses jours tranquilles sur le rang. Renaud avance dans l'élagage de la pinière devant chez moi, de sorte que je peux profiter davantage des derniers rayons du soleil couchant. Noémie nous a annoncé qu'elle est enceinte. Cela ne se voit pas encore, mais le rythme avec lequel elle vaque à ses occupations domestiques a changé. J'ai remarqué que le vert de ses yeux se teinte légèrement de bleu et brille de ce nouveau bonheur. Elle sifflote. C'est nouveau ça aussi.

Quant à mon voisin, il s'est mis en frais pour faire creuser un étang derrière la maison. Même s'il n'est que locataire, il ressent le besoin de s'investir dans une création, une façon de contrer l'avenir incertain. De vivre un présent qu'il tente de rendre tangible. Et il a obtenu l'autorisation du propriétaire. Ce nouvel aménagement le stimule et a momentanément éclipsé le désarroi et la mélancolie des dernières semaines.

De mon côté, j'avance dans l'écriture de mon nouveau roman, nourri par l'extraordinaire confidence que

Charles-Émile m'a faite le soir même de notre visite à l'abbaye. Depuis, j'essaie d'élucider le mystère de ce tableau. Mon voisin m'a donné une de ses reproductions, en y joignant une volumineuse documentation. Ainsi, j'apprends que Charles Émile Jacque a été de la lignée de peintres tels que Dupré, Troyon, Descamps et qu'il est arrivé à Barbizon en 1849, pour venir y rejoindre le fameux Millet. Il se spécialise alors dans la peinture animalière, inspiré par les troupeaux de moutons rassemblés dans les bergeries ou la plaine. Il imprimera et éditera lui-même ses planches avec son fils également peintre. Ce détail me touche particulièrement. Son fils, tout comme le mien, portait le nom d'Émile.

Je note aussi que l'inventaire de l'œuvre gravé de l'artiste comprend quelque 640 pièces recensées dont 380 eaux-fortes et pointes sèches, 91 illustrations à l'eau-forte, 59 gravures de reproduction, 111 lithographies et 2 clichés sur verre. D'où la question : la gravure de mon voisin fait-elle partie de cet inventaire ? Toutes sortes d'autres détails retiennent également mon attention, mais ce qui m'intrigue le plus est de découvrir comment cette œuvre s'est retrouvée entre les mains de la grand-mère Sorrentino ? Je décide de faire une enquête et c'est accompagnée de mon amie Marielle que je me présente le samedi suivant, dès onze heures, à la galerie.

À la vue de Marielle, l'homme paraît déstabilisé. Depuis des semaines, il lui fait des misères dans la négociation. Sa dernière trouvaille ? Il prétend qu'il ne veut plus vendre, ce qui évidemment est une tactique, bien maladroite, pour soutirer un meilleur prix à sa future acheteuse. À notre entrée, il est confortablement écrasé de toute sa corpulence dans un fauteuil de cuir orange, vêtu comme un dandy, pantalon blanc, chemise en cachemire, lunettes à monture noire. Le crâne rasé donne à son visage l'allure d'une grosse pomme, mais l'embonpoint ne masque pas pour autant le charme de cet homme qui paraît plus âgé qu'il ne l'est en réalité. Il se lève prestement pour nous accueillir avec quelques compliments sirupeux à l'intention de mon amie. Il faut dire que Marielle fait de l'effet, vêtue de rouge, les lèvres peintes dans la même teinte grenat, sa fougueuse tignasse argentée torsadée. Elle a l'air d'une geisha. Le galeriste est sous le charme. Marielle lui ment adorablement en lui disant qu'elle désirait faire voir à son amie, moi en l'occurrence, le commerce qu'elle avait projeté d'acheter, mais qui malheureusement n'est plus à vendre, quoiqu'elle ait, heureusement, une autre possibilité d'achat, rue Rachel et patati et patata. Le gros homme s'agite sur place, visiblement rendu nerveux par cette nouvelle, et dès que Marielle a terminé sa tirade, il s'empresse de nous offrir un café et de dire :

— Finalement j'ai réfléchi et je crois bien que je vais me résoudre à vendre… et comme je vous connais tout de même depuis quelques années…

Il attend la réaction de mon amie qui, fin finaude, ne s'en laisse pas imposer.

— Ah ! Comme c'est dommage !

— Vous avez déjà conclu ailleurs ?

— Non, pas encore, mais la négociation va bon train… et elle laisse sa phrase flotter comme un bouchon à la dérive.

J'ai envie d'applaudir. Mon amie livre là une performance exceptionnelle. De plus, elle est d'une exquise féminité qui devient une arme redoutable, face à un homme qui se croit tout-puissant, alors qu'il est à la merci de ses sens. Marielle le sait et se joue de lui avec brio. Paolo Sorrentino continue, cette fois-ci, de se dandiner dans son fauteuil orange, alors que toutes les deux avons pris place sur des chaises de plexi, mobilier prisé des années soixante et qui vaut son pesant d'or dans ces boutiques *Fashion Art* de la rue des antiquaires et des galeries d'art.

Pour faire diversion et s'éloigner du sujet de la négociation, Marielle s'informe du prix d'un grand tableau sur le mur, signé Marco Sorrentino. Le frère répond un peu sèchement qu'il n'est pas à vendre. Rapidement, Marielle demande alors si elle peut aller à la cave voir d'autres tableaux. Elle sait que la galerie conserve quelques pièces de choix pour offrir à ses clients les plus fidèles. Comme j'annonce désirer fouiner dans la boutique, Sorrentino, tout heureux de pouvoir se retrouver seul avec Marielle, la précède sans hésitation vers l'escalier. En réalité, j'espère trouver quelques indices qui feront avancer mon enquête.

Méthodiquement, je commence à observer tout ce qui se trouve autour, me disant que quelque chose finira bien par attirer mon attention. Je me laisse guider par mon intuition. Rapidement, une photo avec un chapelet suspendu au cadre, m'interpelle. C'est le portrait d'une vieille dame, aux traits fins, les cheveux relevés en un chignon serré, des perles fort délicates aux oreilles. À la détermination que je perçois au fond du regard, je suis presque certaine qu'il s'agit de la grand-mère Sorrentino. Je suis perdue dans la contemplation du portrait quand Marielle et Sorrentino reviennent. Celui-ci commente:

— Ma grand-mère paternelle.

— Jolie femme, dis-je, à peine surprise.

— Très. Et une personnalité exceptionnelle. Ma grand-mère a voyagé dans toute l'Europe, vous savez, ce qui était assez rare pour une femme à cette époque. Je vous parle ici des années cinquante.

Et il raconte qu'elle était peintre. Descendante d'une famille libérale et fortunée, elle avait eu la chance d'étudier avec de grands maîtres en France, au Danemark et bien sûr dans son pays, l'Italie. Elle y était née et s'y était mariée avant d'immigrer au Canada à la fin des années soixante. Nombreux avaient été les hommes qui l'avaient courtisée, mais elle avait vite choisi de devenir la muse d'un chanteur de bel canto italien, leur grand-père, qui l'avait rencontrée lors d'une foire à Milan et qui en était tombé follement amoureux. Et dans un élan de dévotion pour cette femme, Sorrentino ouvre le tiroir central de la table qui lui tient lieu de secrétaire, pour en retirer un mince coffret chinois qui contient quelques pinceaux au manche de nacre ayant appartenu à cette femme hors du commun, semble-t-il. Marielle se risque à demander :

— Vous et votre frère Marco étiez très attachés à elle, je crois ?

Le visage de Sorrentino s'allonge. Sans répondre, il remballe son trésor qu'il dépose au fond du tiroir et, sous prétexte d'un rendez-vous urgent, nous prie de l'excuser et nous invite à revenir une autre fois. Manifestement, il était devenu mal à l'aise et même irritable dès qu'il avait été question de son défunt frère. Il n'avait aucune envie de s'étendre sur le sujet.

Je reconduis Marielle chez elle. Il est entendu qu'elle me tiendra au courant s'il y a du nouveau dans la négociation en cours.

Sur le chemin du retour, en passant devant *Le Petit Verger*, je constate que la pelle mécanique et le bouteur, qui tout au long de cette dernière semaine ont servi aux travaux d'aménagement de l'étang, sont repartis. Je décide de m'y arrêter. Je retrouve Charles-Émile assis près de ce qui sera son futur plan d'eau. Le travail a été bien réalisé. En creusant, on a retiré bon nombre de grosses roches qu'on a disposées tout autour de l'étang circulaire. L'eau commence à peine à monter, mais une bonne veine d'alimentation s'y trouve, de sorte que d'ici quelques semaines on pourra même commencer à s'y baigner. Mon voisin me décrit avec enthousiasme les plantes aquatiques qu'il envisage d'implanter en cette première saison, pour ensuite ensemencer le bassin de truites l'an prochain. Je le vois fatigué, mais animé d'une nouvelle flamme. Cet aménagement aquacole jailli de la prairie lui redonne une espérance de vie. Il ne me pose aucune question sur mon écriture et je me garde de lui raconter ma visite à la Galerie Sorrentino.

Je me réjouis en pensant que mon cher voisin sort enfin de son antre et de son secret. Dans les prochaines semaines, Charles-Émile aura de quoi s'occuper l'esprit. De mon côté, je m'appliquerai à fouiller les mots pour raconter sa mémoire.

Ce samedi, à la tombée du jour, c'est avec bonheur que je réintègre mon refuge. La journée à la ville m'a fatiguée ; il y faisait une chaleur caniculaire et avec les travaux de réfection, doublés des aménagements pour les festivités estivales qui prennent possession de la métropole, se déplacer à travers ce labyrinthe devient un tour de force.

Mon sommeil fut agité, envahi par le fameux tableau qui ne cessait de se multiplier à l'infini.

Dimanche.

Il fait un temps radieux.

Levée tôt, je vais nager au lac. Sur ses eaux calmes et lisses glissent ces insectes gracieux qu'on appelle des patineuses. D'énormes grenouilles dorment écrasées voluptueusement sur des nénuphars géants. Certains ouvrent déjà leurs fleurs de lotus, blanches ou roses. Les joncs gracieux dansent mollement dans la brise légère et les iris d'eau pointent leur grappe mauve vers le ciel. Voici un escadron de libellules qui passe au-dessus de ma tête avant que je ne plonge sous l'onde miraculeuse pour laver mes cheveux. Je remonte à la surface, me savonne et replonge. Peine perdue. Je n'arrive pas à chasser l'image du tableau. Mystérieuse. Secrète.

Je me verse un café et m'installe à ma table de travail. Devant moi, une des reproductions peintes par Charles-Émile. Je la scrute longuement. Minutieusement. Mon attention est sans cesse ramenée au cadran de l'horloge du campanile où les aiguilles indiquent 12 h 15. Je me demande pourquoi cette femme et cet enfant se dirigent vers l'entrée de cette abbatiale précisément à cette heure, soit quinze minutes après que l'Angélus de midi a sonné ? Sont-ils pressés par ce ciel orageux ? Que vont-ils y faire ? Prier ? Pour qui ? Cette idée me hante. Rien d'autre dans ce tableau ne m'intéresse que ces deux minuscules silhouettes qui s'avancent vers ce lieu de culte. Je revois le visage de Charles-Émile tourné vers le clocher de l'abbaye de Saint-Benoît-du-Lac, son regard perdu dans la contemplation d'une vision intérieure et… le téléphone me sort de ma méditation.

— Allo ?

— Bonjour Jeanne, c'est ton voisin. Peux-tu venir immédiatement ?

— Pourquoi ? As-tu un malaise ?

— Viens. Tout de suite.

Alarmée, je raccroche et m'empresse de m'habiller, de me chausser et file avec la voiture même si je ne suis qu'à trois minutes à pied du *Petit Verger*. Je stationne en trombe devant la maison, la portière claque et je franchis dans un seul élan les quelques marches qui mènent à la terrasse. Charles-Émile vient m'ouvrir et mon état fébrile contraste avec le sien, d'un calme incompréhensible après l'urgence qui se dégageait de son appel téléphonique. Il semble même se moquer de me voir essoufflée et si agitée.

— Mais que se passe-t-il?

— Prends le temps d'arriver, dit-il, impassible.

— Quoi? Quoi? Mais dis-moi ce qui se passe! Tu m'as mise dans tous mes états!... Mais parle!

J'entre à sa suite et j'ai la surprise de découvrir un salon nouvellement aménagé. L'atelier n'existe plus. La longue table, le matériel d'artiste, le chevalet ont été remplacés par deux fauteuils de cuir qui s'harmonisent avec la causeuse, une table à café et une torchère. Sur le mur trône *L'église de l'Angélus* dans un cadre doré. Des rideaux de tulle décorés de pierres turquoises habillent les fenêtres, et les murs ont été fraîchement repeints en vert et bleu. L'intérieur de la maisonnée respire une sérénité nouvelle et mon voisin s'amuse de mon étonnement.

— Comme tu vois, j'avais de quoi être excité.

— Tu as fait tout ça cette semaine?

— Noémie et Renaud m'ont donné un fier coup de main. Nous avons terminé hier, juste après que tu sois passée. Je voulais attendre que tout soit en place avant de te le montrer.

— Mais tu aurais pu me demander, je serais venue t'aider.

— Je ne voulais pas te distraire de ton écriture.

Décidément, mon nouvel ami me surprendra toujours. Je le complimente pour le choix des couleurs qui égayent le salon et la salle à manger. Ces nouvelles teintes confèrent douceur et lumière au lieu habituellement sombre. Mais je me questionne sur le fait qu'il a rangé ses pinceaux. Pourquoi ?

— J'ai tout remisé, pour le moment, à l'étage de « ton » petit boudoir, me dit-il avec affection. J'ai besoin de prendre un temps d'arrêt et, de plus, une grande nouvelle est arrivée cette semaine dont je veux te faire part. Assieds-toi.

— Ah ?

— Voilà ce que j'ai reçu, m'annonce-t-il en agitant une lettre au bout de sa main et en prenant place dans l'autre fauteuil.

Charles-Émile a fait évaluer la gravure. La lettre confirme l'authenticité du tableau, sa valeur marchande, ainsi qu'une intention d'achat sérieuse d'un musée prestigieux. Il préfère, pour l'instant, en taire le nom.

— Qu'est-ce que tu vas faire ?

— Je ne sais pas encore. J'ai besoin de temps pour apprivoiser cette nouvelle qui me réjouit… mais qui m'angoisse. Je me sens… une certaine responsabilité face à ce tableau… et…

Il est incapable de terminer sa phrase. La tristesse déloge la joie présente l'instant d'avant. Ce tableau lui rappelle le dernier geste de Marco à son égard et cela le ramène inévitablement à la précarité de son état de santé. Il sait qu'il doit se préparer à l'inévitable. Au départ ultime. Qui viendra tôt ou tard.

Je ne sais quoi dire en présence d'un tel désarroi. Je me sens si impuissante. Je n'ai jamais réellement abordé, avec lui, ses choix et ses décisions face à cette maladie, cette condamnation en fait, qui, de semaine en semaine, je le vois bien, gagne du terrain sur son énergie physique, son humeur, son état d'esprit. Je me suis donné comme consigne de ne jamais intervenir, de le laisser responsable et libre de vivre ce voyage vers la mort comme il l'entend, comme il l'a choisi. Je ne suis qu'une amie, une voisine. Une écrivaine à qui il a confié son histoire. Avec toute liberté de la raconter.

Entrer ainsi dans sa vie m'a permis de prendre du recul face à la mienne, de quitter un peu la nostalgie de mon cher amour dont j'ai du mal à abandonner le deuil. L'arrivée de Charles-Émile a eu un effet catalyseur sur ma souffrance et m'a aidée à m'affranchir de mon ancrage dans le passé.

Toute à ma réflexion, je ne me suis pas rendu compte que mon hôte s'est levé et le voilà qui revient de la cuisine avec une bouteille de rosé et deux coupes joliment ciselées de motifs art déco. Il a retrouvé une fois de plus son aplomb.

— C'est une nouvelle qui mérite d'être célébrée, tu ne penses pas ?

J'acquiesce, même s'il est un peu tôt pour se délecter de ce vin de Provence. Je lève ma coupe pour trinquer.

— À Marco, dis-je.

— À Marco, à sa grand-mère, à ce tableau et à ce peintre qui n'a jamais pu imaginer le parcours singulier que ferait son œuvre. Incroyable, n'est-ce pas ?

Et nous devisons sur la création. Je lui dis que dans l'écriture, par exemple, je reconnais ce mystérieux pouvoir de l'imaginaire qui en sait tellement plus que notre conscient. Mon défi demeure toujours de ne pas lui faire obstacle. Laisser l'encre de ma plume couler, ne pas faire entrave à ma main qui ne demande qu'à courir sur le papier. Permettre à la rivière des mots de rouler, se soulever, poursuivre son débit, son récit. La peur ou les questionnements peuvent trop souvent faire embâcle au courant de l'inspiration.

— Dans cette aventure d'écriture que tu m'as proposée, j'ai l'occasion de vérifier une fois de plus que je peux me laisser guider par mon intuition.

À son tour, Charles-Émile me confie que peindre lui procure une sorte d'extase, qui lui permet d'accéder à un espace quasi surnaturel. L'angoisse s'envole comme par enchantement et il n'éprouve plus alors aucune souffrance morale ni physique. La création devient un analgésique. Mais il se demande toutefois si la couleur n'y est pas pour quelque chose. Il en connaît peu sur le sujet, mais Marco était d'avis, tout comme de nombreux chercheurs qui se sont penchés sur la question, que les couleurs ont des vertus bénéfiques sur le physique et le mental, tout comme la musique d'ailleurs.

— Lorsque j'ai peint la fresque de la chambre, je me suis senti porté par une grâce, il hésite à le dire, céleste ! Il est certain qu'après j'étais complètement vidé, tant l'exercice a été exigeant, mais je n'avais jamais rien vécu de tel. Tu te rappelles, Jeanne, combien, par la suite, j'ai retrouvé une vitalité nouvelle ?

— Mais pourquoi justement avoir remisé tes pinceaux ?

— Pour vivre autre chose. Cette foutue peinture devenait trop obsédante. Allez, viens.

Pour la suite de notre échange, Charles-Émile propose que nous nous installions à l'extérieur, pour profiter de la douce brise de juillet qui se parfume du foin fraîchement coupé. J'accepte volontiers, d'autant plus que j'ai envie de partager avec lui ce que je suis en train d'écrire.

— Qu'en dis-tu ?

— J'en serais ravi.

Pendant qu'il nous aménage un coin sous le majestueux érable devant la maison, je retourne chez moi chercher mon manuscrit.

Je prends le temps de me changer pour enfiler une robe longue en denim, brodée de billes bleutées. Coiffée de mon vieux panama, vestige de mes voyages au Mexique, je retourne à pied cette fois-ci au *Petit Verger*. Sous le soleil ardent, je marche d'un pas lent, rien ne presse plus désormais. Charles-Émile et moi tenons la mort à distance, elle attendra bien encore un peu.

Le violon m'accueille, cette fois-ci présage de jours heureux, puisque la pièce qu'il joue me transporte au cœur des collines catalanes où j'ai connu l'ivresse d'un amour de vacances. Il y a longtemps. Je me fais la réflexion que la musique possède un pouvoir d'évocation incroyable. Je suis au cœur d'une campagne qui domine la vallée de l'Homme de l'Est, et pourtant, ce violon me ramène presque quarante ans en arrière. J'ai vingt-trois ans, un sac à dos et je m'arrête pour la nuit dans une auberge de jeunesse. J'y rencontre un étranger qui comme moi voyage pour célébrer la fin de ses études universitaires. Nous nous plaisons et cette nuit sera le début d'une brève mais intense aventure amoureuse.

Alors que j'approche du *Petit Verger*, l'ensorcellement du violon me rattrape et je pense : son fils violoniste, le rencontrerai-je un jour ? À cette pensée, une chaleur inhabituelle se répand dans mon être.

Sous la tonnelle de l'érable centenaire, d'une voix fébrile, je commence la lecture de mon manuscrit.

Une épaisse couche de nuages assombrit le paysage, faisant disparaître, momentanément, la montagne bleue. Je reviens d'une tournée littéraire. J'ai été absente presque un mois, vingt-sept jours exactement. Un chagrin me taraude depuis mon départ des Bergeronnes…

Tout au long de la lecture, je n'ose lever les yeux vers Charles-Émile. À mesure que défilent les pages, je pense : « Va-t-il me dire d'arrêter ? Va-t-il vouloir me reprendre son histoire ? Suis-je allée trop loin dans les méandres de sa vie ? Ai-je le droit d'être cette écrivaine inquisitrice, voleuse du passé douloureux de mon nouvel ami ? » Je lis pendant presque deux heures, ne m'arrêtant que pour contenir l'émotion qui roule en moi. Particulièrement à la lecture des passages où j'évoque l'absence de mon cher amour. Je m'interromps après quelque cinquante pages.

Nous marchons en silence. Je ne sais toujours pas ce qu'il pense de mon manuscrit. Avant que je ne m'engage dans l'entrée qui mène à mon Sanctuaire, mon voisin me prend dans ses bras et dit simplement :

— Merci, Jeanne. Je me souviendrai toute ma vie de ce dimanche de juillet.

Depuis ma dernière conversation avec Charles-Émile, je n'ai pas de difficulté à respecter ma routine quotidienne. Je passe des heures à ma table de travail. Mon voisin, devenu le personnage central de mon récit, m'a non seulement rassurée, mais m'a donné, en quelque sorte, l'absolution. Me voici lancée, avec frénésie, au cœur de mon sujet. Tout comme lui, je cherche à saisir le mystère de ce tableau. Il n'est plus primordial, pour moi, de connaître sa provenance, mais davantage de découvrir le lien qui unit Charles-Émile à cette gravure. J'ai l'impression qu'il m'appartient de comprendre cette énigme et qu'il en va de la vie de mon ami.

La nuit, je reste de longues heures éveillée. Je pense et repense, jusqu'à l'obsession, à cette femme et à cet enfant… il m'apparaît de plus en plus clairement que cette image représente la mère de Charles-Émile qui l'accompagne vers le dernier Angélus de sa vie… La grand-mère Sorrentino avait-elle prévu cette issue fatale pour son petit-fils ? Qu'avait-elle pressenti au juste pour décider de lui donner ce tableau ?

Pourtant, l'heure fatidique n'est pas encore venue. Mon personnage vient à peine d'entrer dans la saison d'amour ! Charles-Émile a retrouvé ses forces vives, un nouveau décor, un autre paysage. Lorsque je le vois s'affairer autour de son nouveau plan d'eau, je me dis que le départ n'est pas pour aujourd'hui. Même si parfois la mort rôde. Je le sens.

Aidé de Renaud, il a même commencé à effectuer certains travaux sur la maison.

—Avec la porte-fenêtre qui s'ouvrira sur le nouveau patio, j'aurai, de ma chambre, une vue sur l'étang et le pin géant. Il est beau cet arbre ! Il me fait penser à un père qui borderait son fils avant d'aller dormir… et mes vieux pommiers sauvages qui nourrissent mes chevreuils depuis quelques jours…

C'est d'une voix émue que Charles-Émile me décrit tout ça, alors que nous sommes dans sa chambre, face au mur qui s'ouvre béant sur le paysage. Le lit a été déplacé au centre de la pièce. Je jette un coup d'œil au mur peint et un frisson me parcourt. Je me rappelle cet entretien avec Charles-Émile lorsque je l'avais retrouvé allongé dans sa chambre, affaibli, presque à vide. Il venait de terminer la fresque et j'avais eu droit à ses premières confidences sur son état de santé, puis à sa demande d'écrire son histoire…

— Voilà Renaud qui s'amène, je vais lui donner un coup de main et je reviens.

Je reste seule dans la chambre et m'assois sur le lit. Je réalise à quel point les choses ont évolué depuis. Mon voisin n'est plus cet animal étrange et solitaire. Au fil des mois, il est devenu un ami avec lequel j'entretiens toutefois une relation particulière. Nous sommes très présents l'un pour l'autre, mais en respectant totalement le besoin de retraite de chacun. Il m'a fait la confidence, l'autre jour, qu'après le décès de Marco, plusieurs de ses connaissances avaient tenté de lui présenter des amoureux potentiels. Tentative futile. Charles-Émile est du même avis que moi : on ne peut vivre qu'une seule belle histoire d'amour. Mais curieusement, m'a-t-il dit, à m'entendre lui raconter ma vie auprès de mon très cher amour, il se surprend parfois à ressentir à nouveau le désir… et il a hésité, pour finalement m'avouer : le désir d'aimer… et ce pourrait être un homme ou une femme. Cette révélation m'a touchée, venant de lui qui, il y a quelques mois encore, barricadait son cœur devant toute éventualité d'amour. Renaissait soudain au tréfonds de lui une espérance.

Je ne sentais pas pour autant qu'il puisse s'agir d'un désir amoureux à mon égard. Je m'étais posé la question au tout début de notre rencontre. Mais assez rapidement, au fil des visites et de nos confidences, c'est avant tout une amitié qui s'est développée, dans une complicité créatrice, de semaine en semaine, faisant naître mon livre.

Les voici qui reviennent avec la porte-fenêtre à installer. Nous laissons Renaud travailler et montons à l'étage de mon petit boudoir, comme Charles-Émile se plaît à l'appeler. C'est en fait un bazar, un ensemble d'objets pêle-mêle où se trouve aussi le matériel d'atelier qui y a été déposé.

— Ah ! C'est joli !

La berceuse et la causeuse ont été agrémentées de coussins brodés et sur une tablette se trouve une série de cadres miniatures avec des photos de son fils à différents âges. Enfin, je peux mettre un visage sur le violoniste que j'entends jouer si souvent. Le jeune homme a le regard intense, la chevelure sombre. Une présence foudroyante. C'est en tout cas l'effet de l'une des photos sur moi.

— Tu n'avais jamais vu de photos de mon fils, n'est-ce pas ?

— Non, que son portrait dessiné au crayon sur le buffet de la salle à manger.

— Je prépare sa visite. Il vient dimanche prochain pour mon anniversaire.

— Eh bien! dis-je étonnée. C'est la première fois, non?

— Oui. Sa première visite en quatre mois et je lui réserve une surprise. Regarde.

Tout en ouvrant une série de boîtes recouvertes de papier de Noël, Charles-Émile me raconte l'histoire touchante de la magnifique crèche qui s'étale sous mes yeux. Les nombreux personnages en terre cuite et peints à la main ont été fabriqués par Marco et son fils, alors que ce dernier n'était qu'un tout petit garçon. Depuis le décès de Marco, la crèche était restée dans des cartons.

— Je ne voulais plus qu'il en soit question! Mais cette crèche, mon Mathieu l'aimait beaucoup et je veux lui en faire cadeau. J'aimerais bien te le présenter. Veux-tu venir déjeuner avec nous?

Pour la première fois, mon voisin vient de prononcer le nom de son fils. Mathieu! Cela me fait l'effet d'un mot d'amour.

— Heu... avec plaisir... la seule chose est que Marielle vient en fin de semaine...

— Marielle?

Je vois son œil s'allumer et il s'empresse de me dire que ma princesse est la bienvenue.

— N'importe quand! ajoute-t-il en riant.

Que me réserve la rencontre de ce jeune violoniste?

Pour l'occasion, Marielle et moi avons décidé de « nous mettre sur notre trente et un », comme le veut l'expression populaire. Pour elle, ce n'est pas une nouveauté. Elle a ce don d'être toujours flamboyante. Ce dimanche, elle a opté pour une tenue en lin, veste et pantalon de couleur vert pomme agrémentés d'un large chapeau de paille décoré d'un petit oiseau au plumage rose. Quant à moi, j'ai retrouvé dans ma penderie une simple robe soleil piquée de billes bleues que je complète d'un châle orange à franges. Je me sens belle aujourd'hui. Animée d'une légèreté qui donne à ma démarche une grâce de jeune fille. La matinée s'annonce chaude, mais une brise traverse la campagne, soulevant la bonne odeur sucrée de mes voisines, les grosses vaches Highlanders qui nous saluent au passage. C'est avec un cœur de pinson que je franchis les quelques mètres qui me séparent du *Petit Verger*.

Plus que jamais, cet été m'est une promesse d'amour… je le sens si fort !

En arrivant devant *Le Petit Verger,* quel n'est pas notre éblouissement de voir les pommiers garnis de lumières de Noël qui scintillent et, ô merveille ! une crèche qui s'étale tout le long de la plate-bande entourant la maison. On y découvre les Rois mages et leurs chameaux, les bergers, quelques dizaines de petits moutons qui semblent brouter ou dormir autour des roches et des fleurs, des maisons miniatures, des villageois et, enfin, sous un abri de planches, la sainte Famille, entre l'âne et le bœuf avec son petit Jésus de cire couché dans une crèche tendant ses menottes potelées vers le ciel. Marielle et moi sommes émerveillées; il y a bien un siècle que nous n'avons vu une crèche de Noël! Tant de souvenirs nous rattrapent...

— Mais pourquoi toutes ces décorations de Noël en plein mois de juillet? me demande Marielle abasourdie.

Je lui raconte d'où vient cette crèche et soudain un air de violon nous guide vers le petit étang. Nous y trouvons Charles-Émile, assis sur un rocher, et, non loin de lui, un jeune homme, la tête légèrement penchée sur son instrument, les yeux mi-clos, qui semble parti dans une contrée lointaine, amoureusement épris de l'instrument posé sous son menton, la main gauche tenant le manche comme on tient un enfant délicatement contre soi. Le visage s'éclaire comme illuminé de l'intérieur et le « Cygne » de Tchaïkovski que je reconnais glisse dans l'air. L'artiste joue de façon exceptionnelle.

Au regard que Charles-Émile pose sur son fils, je peux mieux comprendre combien il lui a été douloureux que son enfant mette un terme à une carrière prometteuse. Ce musicien est sans contredit un virtuose. Se dégage de sa personne la beauté d'un jeune Rimbaud, avec cette grâce particulière que l'on reconnaît chez les grands, les êtres rares, ceux dont le talent est promis à un grand rayonnement. À l'écouter, je me demande ce qui a bien pu se passer pour que ce jeune homme s'enferme dans une cage amoureuse et délaisse cet instrument qui, j'en suis témoin, l'emporte dans l'espace sidéral. Alors que je suis toute à cette réflexion, la pièce s'achève et Charles-Émile se lève pour aller serrer le musicien dans ses bras.

Marielle et moi, immobiles en haut du talus, ressemblons à deux spectatrices arrivées en retard à la représentation et qui n'ont pas trouvé de place. Nous sommes franchement gênées d'assister à ces retrouvailles entre le père et le fils. En desserrant son étreinte, mon voisin nous aperçoit et vient nous rejoindre. Affectueusement, il enlace son fils par la taille et une joie vibrante s'inscrit sur ses traits ; un mélange de fierté et de sérénité. Je ne l'ai jamais vu comme ça. La présence de son fils a balayé les douloureux souvenirs et c'est comme si, en cette minute, tous les espoirs reprenaient vie. Quant au fils, il se dégage de sa personne un charisme tel que je me sens prise de vertige.

Je n'ai pas ressenti un tel émoi depuis si longtemps que je n'arrive même pas à identifier ce qui se passe réellement en moi. Heureusement, arrivé à notre hauteur, Charles-Émile fait les présentations. Marielle le complimente au sujet de la crèche et nous passons à table, sur la terrasse.

À nous quatre, nous formons une curieuse tablée. À regarder le père et le fils côte à côte, on pourrait croire qu'il s'agit de la même personne à deux périodes de sa vie, tant ils se ressemblent. L'un affiche une certaine innocence, mais le front déjà soucieux questionne. Les traits de l'autre accusent un parcours difficile. Avec le même regard pourtant, tourné vers l'intérieur. Grave. Un sourire similaire ensoleille le visage. Tous deux ont revêtu une chemise verte, aux tons kaki pour le fils, turquoise pour le père. Assise en face d'eux, je les scrute discrètement. Une harmonie tranquille et naturelle émane de leur complicité. J'en suis étonnée. Je croyais leur relation entachée, mais il n'en est rien. Le fils est enjoué, tendre et affectueux. À plusieurs reprises, il pose la main sur les épaules de son père et leurs rires s'échappent de concert.

Marielle se fait discrète. Du coin de l'œil, je l'espionne et ne suis pas sans remarquer qu'elle réfléchit. La veille, elle m'a raconté être allée consulter une voyante…

— Pour le fun, là ! De toute manière, je ne crois pas à ça ! avait-elle pris la peine d'ajouter. Ce qui ne l'empêchait nullement d'être très volubile pour me répéter dans les moindres détails les prédictions de la cartomancienne qui lui avait lu le tarot.

Et je vois bien que c'est exactement la question qui lui traverse l'esprit en ce moment : Charles-Émile ressemble-t-il au portrait de l'être décrit ? La rencontre prochaine d'un homme, veuf, avec un enfant d'âge adulte. Les cartes ont annoncé qu'elle vivra avec cet homme une réelle complicité et que, de plus, ils habiteront à la campagne.

J'ai envie de rire, car la princesse picosse dans son assiette pourtant fort appétissante. Charles-Émile nous a préparé un soufflé à l'asperge accompagné d'une macédoine de petits légumes. Un délice dont je me régale, même si chaque fois que mon regard croise celui du jeune homme, un malaise persiste entre nous. Je suis envahie d'une nostalgie, j'essaie de ne pas m'attarder, car je crois reconnaître celle de l'amour.

Après avoir laissé Marielle et Charles-Émile deviser en tête-à-tête au bord de l'eau, j'aide Mathieu à ranger dans les cartons personnages et maisonnettes de la crèche. Ce cadeau le rend manifestement heureux. Ses mains délicates emmaillotent avec soin les précieux santons de terre cuite, vestiges d'une enfance heureuse et singulière, partagée avec son père et Marco. Au moment où je lui tends le petit Jésus de cire, nos mains se frôlent. J'en suis remuée, accroupie devant la plate-bande de fleurs de pavot, le cœur affolé dans sa cage. Lorsque la minuscule figurine est passée de mes mains tremblantes aux siennes, je me suis mentalement offerte à lui. Pensée insensée, puisque j'ai presque le double de son âge. Je tente de sortir de cette ivresse, de me secouer. Je dois me relever et quitter ce parterre. Sur-le-champ. Mes mains demeurent pourtant ouvertes, tendues vers lui, avec encore au bout des doigts la sensation de son toucher qui me fait chanter intérieurement. Mon cœur est un violon…

Le jeune musicien se lève pour porter les cartons dans le coffre de sa voiture. Les rires de Marielle et

Charles-Émile me parviennent. Je veux m'agripper à eux, leur crier « Au secours, venez me chercher ».

— Vous venez ?

Le jeune homme me fait signe. Incapable d'échapper à l'élan qui me domine, je le suis vers le lac. Tout comme Léda devant un Jupiter transformé en cygne pour la séduire, je me laisse ensorceler. Me reviennent en mémoire les vers de Sully Prudhomme :

Sans bruit, sous le miroir des lacs profonds et calmes,
Le cygne chasse l'onde avec ses larges palmes,
Et glisse. Le duvet de ses flancs est pareil
À des neiges d'avril qui croulent au soleil…

Sa chemise entrouverte laisse deviner un torse galbé au duvet noir. En pensée, ma main audacieuse s'aventure à le caresser.

Je brûle. Il faut rentrer.

En début de soirée, Marielle rentre à Montréal en compagnie de Mathieu. Il la déposera chez elle avant de filer vers le nord de la ville où il réside. J'ai décliné l'invitation de mon voisin à sortir marcher avec lui. Cette rencontre avec son fils m'a retournée. J'ai besoin de me retrouver seule. J'ai peur. Je suis terrifiée à la perspective de replonger dans la bulle amoureuse. La folie me guette ! Oserai-je aller jusqu'au bout ? Me donner vraiment à nouveau à un homme ? À mon âge ?

Lundi matin.

Le soleil joue à cache-cache avec les cumulus qui roulent dans l'atmosphère et épousent des formes que je m'amuse à déchiffrer comme lorsque j'étais enfant : un dauphin, un papillon, un perroquet... Quand je me sentais submergée par la tristesse ou qu'une sensation de vide m'aspirait vers le bas, je jonglais ainsi avec les nuages. Je me sens dans le même état d'esprit aujourd'hui. Et le manège continue. Cette fois, ce nuage a la forme d'un violon sur lequel se penche un visage. Le vent couche la tête sur les volutes du ciel et le voici qui s'éloigne et file vers le sud. J'essaie de suivre son déplacement, de décrypter son sommeil, mais le suroît dénoue les rêves et l'esquisse se perd à l'horizon dans une mer de laine blanche. Je soupire. Et reviens sur terre.

Plus de violon, mais le ronron réconfortant de ma machine à laver.

Lundi. Jour de lessive. Ma mère lavait les lundis, ma grand-mère aussi. Je fais comme elles. Besoin de m'attacher à certaines routines domestiques pour ne pas sombrer dans la mélancolie. Ronron consolant qui me ramène au souvenir de celles qui m'ont précédée et que j'ai tant aimées.

Nostalgie, nostalgie. Doux, ce mois d'août...

Allons ! Il faut me secouer ! Aller marcher. Saluer Charles-Émile pour revenir travailler un peu plus tard. Je sais que chaque rencontre avec lui m'aide à mieux cerner le personnage de mon roman. Je veux voir aussi comment nous pourrions aider Marielle dans sa négociation. Elle a repris ses pourparlers avec Sorrentino, mais se heurte toujours à un prix vraiment trop élevé pour ses moyens.

Chaussée de ces espadrilles bleues qui me donnent parfois l'impression d'avoir des ailes, je suis sur le chemin de ma vie qui désormais emprunte le sentier du *Petit Verger*. La différence, ce matin, c'est le visage d'un violoniste qui hante et enchante à présent le paysage de mes jours, de mes nuits. Je n'ai aucune idée où cela va me conduire. Je l'entends jouer pour moi et l'amoureuse renaît. Désormais, le « Cygne » de Tchaïkovski glisse sur l'eau de mes rêveries. Celle que j'ai été hier est-elle la même que celle de demain ? Ce désir jaillissant est-il relié à celui qui l'a précédé ? Mon cher amour avait pour maxime cette phrase : « On reprend toujours là où on a laissé. »

Dans ce regard neuf, je reconnais la bonté de mon aimé. Dans ses mains, la délicatesse de celui qui a su me combler. Dans son corps, cette même beauté enlacée à l'ivresse. Alors… doucement… je me réconcilie avec le désir qui germe à nouveau en moi.

D'un pas souple, j'avance sur la route ombragée, comme si mon cœur, plus léger, s'accordait à la cadence d'une vie renouvelée que je commence à apprivoiser. J'emprunte l'entrée du *Petit Verger* et mon élan s'immobilise à la vue du sari rose de Marielle qui danse sur la corde à linge.

Mais que font ici les vêtements de la princesse ? La réponse arrive vite, donnée par le rire et les cris joyeux qui me parviennent de l'étang. Je rase le mur jusqu'au coin de la maison pour découvrir Charles-Émile et Marielle entièrement nus, qui jouent comme des gamins à s'arroser mutuellement. Surprise et gênée, je me retire de l'encoignure pour revenir sur mes pas et retourner chez moi. Cette vision heureuse m'a complètement chamboulée. Ce duo de mes amis en tenue d'Adam et Ève me laisse inconfortable et toutes sortes d'interrogations surgissent. Pourquoi mon amie m'a-t-elle fait croire qu'elle retournait chez elle hier soir ? A-t-elle partagé une certaine intimité avec Charles-Émile ? Si oui, a-t-elle pris ses précautions ? J'ai la désagréable sensation de me retrouver dans le rôle d'une mère inquiète et qui se mêle tout à coup de ce qui ne la regarde pas.

La matinée passe et je n'ai pas écrit une seule ligne. Brusquement la solitude me frappe de plein fouet et la mélancolie se réinstalle. Si je m'en fais tant pour Marielle, n'est-ce pas plutôt que je m'en fais pour moi ? Depuis la mort de mon cher amour, j'ai évité d'agiter le fond de ma peine. J'ai survécu à la perte, à la douloureuse absence, du mieux que j'ai pu, mais je n'ai pas soigné mon chagrin je n'ai fait que le colmater. LA PRÉSENCE DE L'AMOUR AUTOUR ME FAIT TOUJOURS L'EFFET D'UNE GIFLE AU CŒUR !

Les serviettes de plage multicolores sèchent sur les fauteuils transat. Je m'allonge sur l'un d'eux, ferme les yeux. J'ai besoin de m'évader de ces pensées nostalgiques, rongeuses du présent, qui creusent mes heures en tranchées moroses. Le téléphone, invention trop souvent intrusive dans nos vies, mais aussi parfois planche de salut, me ramène au réel.

— Allo ?

— Salut ma Loulou !

— Marielle ?

— Tu ne devineras jamais où je suis… chez Charles-Émile… arrive, on t'attend pour déjeuner. Bye.

Elle raccroche. J'enfile à nouveau mes espadrilles et vole vers *Le Petit Verger*.

Cette fois-ci, la table a été dressée sous le gros érable devant la maison. Je reconnais la touche particulière de la princesse, puisque chaque couvert est différent ; des assiettes aux motifs de fruits en côtoient d'autres aux lignes japonaises, des tomates et des concombres décorent la nappe. Sa manière personnelle de créer l'inusité, d'exprimer fantaisie et poésie au quotidien. Les voilà qui apportent de la cuisine une salade aussi colorée et une bouteille de rosé. Marielle a relevé sa chevelure en un chignon sur le dessus de la tête d'où s'échappe une plume bleue. Elle porte son sari rose et des mules orange. Charles-Émile la suit, arborant son jeans et son éternel t-shirt bleu. Mais le tableau est complet. Et tous deux affichent cet air complice des nouveaux amants. Mon amie dépose le saladier et vient me serrer dans ses bras en me chuchotant à l'oreille : « C'est peut-être pas le chic, le chèque ou le choc, mais certainement le cœur, la bonté, la douceur. » Et elle cède la place à Charles-Émile qui m'embrasse discrètement sur la joue comme à son habitude. Il ne dit mot, mais je devine à son regard lumineux que quelque chose en lui prend naissance. Nous prenons place.

Mon voisin et sa compagne de la nuit me regardent, sourire aux lèvres. Charles-Émile est quelque peu embarrassé par la situation, mais Marielle, avec son humour pittoresque, vient à sa rescousse.

— Ah ! Ma Loulou ! Tu dois bien te demander comment j'ai pu aboutir ici ! dans le lit ! de ton ami !

Et nous éclatons de rire à la façon dont elle souligne les i d'*ici*, *lit* et *ami*. Plus sérieusement, Marielle me raconte qu'hier, après que Mathieu soit venu la chercher pour la ramener à Montréal, il s'était à nouveau arrêté chez son père pour passer y prendre son violon oublié.

— Charles-Émile nous a convaincus de rester pour un dernier café. La suite est la faute, heureuse et pardonnée, de son fils qui, probablement, avait remarqué quelque chose, puisqu'il s'est éclipsé en douce pendant que Charles-Émile me montrait la fresque de sa chambre.

— Lorsque nous sommes revenus au salon, le bagage de Marielle attendait sur le tapis de l'entrée.

— Je n'allais tout de même pas te rappeler et m'inviter à coucher chez toi, me lance-t-elle espiègle.

Et sa main, au poignet de bracelets argentés, se tend au-dessus de la nappe pour se déposer dans la main de Charles-Émile. Ce geste tendre me chavire. Je suis incapable de retenir mes larmes.

— C'est la plus belle chose qui me soit arrivée depuis très longtemps, me confie Charles-Émile, le regard humide lui aussi.

— La même chose pour moi, ma Loulou, dit Marielle la voix enrouée.

Un duo de tourterelles vient se poser sur le fil électrique au-dessus de nos têtes et mon âme s'épanouit. Je me sais la jardinière de cette saison pour aimer.

Avant que Charles-Émile ne la reconduise à la ville, Marielle me raccompagne à pied jusque chez moi. Nous marchons, silencieuses. Sa présence en cette campagne n'est plus la même. Une partie d'elle désormais habitera le paysage. À maintes reprises, par le passé, je l'ai presque harcelée pour qu'elle vienne vivre à la campagne. Je lui ai même déjà signalé que *Le Petit Verger* serait à louer. Son argument était toujours :

— Je ne conduis pas ! Comment veux-tu que je vive mon rêve d'une petite maison dans la prairie !

Elle roulait le « r » de prairie de façon comique et faisait taire mes nouveaux arguments pour qu'elle se décide enfin à apprendre à conduire en ajoutant :

— De toute façon, ce rêve se concrétisera avec un homme et pas autrement !

Nous sommes presque arrivées à l'entrée de la maison quand j'ose aborder le sujet de mes inquiétudes et questionnements.

— Dis-moi, Marielle, as-tu… avez-vous… si je suis trop indiscrète, tu…

— Si on a fait l'amour ? Nous n'en sommes pas encore là. Mais nous avons abordé la question et ne t'inquiète pas. Nous ne serons pas le premier couple à devoir s'aimer avec précaution et délicatesse. Le sida n'est pas la lèpre. Je n'ai pas de craintes ni de préjugés face à cette maladie. Et ma rencontre avec Charles-Émile me permet une plus grande compréhension devant ce mal qui touche maintenant des millions de personnes.

Cette confidence m'émeut et me rassure. Je sais que mon voisin, au cours des dernières années, s'est passablement isolé à cause de son état. Je suis reconnaissante à mon amie pour son ouverture d'esprit et surtout pour son ouverture du cœur.

— Mais dis-moi, est-ce à dire que tu vas enfin te décider à venir vivre à la campagne ?

— Wow ! Wow ! Wow ! ma Loulou, t'es un peu vite sur les conclusions !

Une nuit n'est pas la vie
Mais quand il sourit
Tout en moi dit oui !

Elle improvise sur l'air de *La vie en rose* et esquisse trois pas de danse. La voilà, la princesse qui danse pour son roi.

— Chose certaine, je vais te voir plus souvent.

— On fera bon voisinage, ma Loulou, t'en fais pas !

Je l'enlace affectueusement et je la regarde s'éloigner sur la route de terre battue. Charles-Émile au loin vient à sa rencontre et me fait un signe de la main.

Je reste seule, un violon muet sur le cœur.

L'écrivaine, aujourd'hui, a beaucoup à raconter.

J'ai passé la journée enchaînée à ma table de travail. Une urgence s'était emparée de moi. Il me fallait ne rien manquer, surtout ne rien omettre, me souvenir de tout. Et pourtant, j'évitais soigneusement de revenir sur ma rencontre avec Mathieu. Chaque fois que ma plume voulait tracer son nom, je résistais. Je tentais de me persuader que ce qui s'était passé hier entre nous n'était qu'illusion, phantasme de ma part. Je voulais enrayer le souvenir de son corps lisse, effacer son visage si beau.

Je me couche, incapable de dormir. Une angoisse sourde me noue la poitrine et j'ai peine à respirer. Il pleut cette nuit. Comme il pleure sur ma saison d'aimer. Trop indépendante pour aller frapper à la porte de mon voisin et lui demander de me tenir compagnie, je choisis d'affronter seule le cafard qui vient de s'abattre sur moi. Pourquoi ai-je si peur d'aimer ? À cultiver ce fantôme amoureux, je ne sais plus comment aimer. Je me construis une légende personnelle, un passé mythifié qui dresse des barrières dans mon présent. Je dresse un mur devant tous les possibles.

Je pleure. Je pleure. Je pleure.

Il fait encore nuit quand je m'éveille. Une pluie forte et sonore tombe comme un roulement de tambour sur le toit. Un vrai déluge. Je ferme les yeux pour retrouver, un instant, le souvenir des matins humides où je paressais, lovée contre le corps de mon cher amour. Parfois, je m'éveillais avant lui. S'il reposait trop calmement, je devenais inquiète. Souffrant d'apnée dans son sommeil, il arrêtait parfois de respirer. Je posais alors ma main sur son épaule nue et soudain la vie reprenait son souffle régulier et je me rendormais rassurée.

J'ouvre à nouveau les yeux. Je ne veux pas aller plus loin dans la réminiscence de ces aubes amoureuses, car l'une d'elles fut fatale. Chaque fois que je me la remémore, il me faut plusieurs jours pour émerger de la tristesse où cette vision me plonge. Je me lève. Épuisée.

L'orage est passé faisant place à une pluie fine qui m'invite à me doucher à l'extérieur. La vallée s'éveille coiffée de brume bleutée. Le ciel s'ouvre, le paysage chante. Allons Jeanne ! Tu es vivante !

Même s'il est un peu tôt, je prépare un panier de victuailles pour aller petit-déjeuner chez mon voisin. En arrivant dans l'entrée du *Petit Verger*, je constate que sa voiture n'est pas là. Charles-Émile ne serait pas rentré ? Curieusement cela me contrarie.

— Jeanne ?

C'est Noémie qui sort de la grange et m'appelle. Je la rejoins de l'autre côté du chemin.

— Bonjour Noémie. Ça va ?

La future maman me raconte les petits inconforts de sa grossesse, mais tout en elle resplendit. Elle a pris du poids et sa peau est une merveille. Ses joues, deux belles pêches rosées. Elle m'informe que Charles-Émile est arrivé en milieu de soirée et qu'elle l'a vu partir tôt ce matin.

— Bon… dis-je un peu embarrassée. J'étais venue lui porter à déjeuner… bon… bonne journée.

Et je reprends la route le cœur accablé.

Vers la fin de la matinée, un bref coup de fil de mon voisin m'apprend son retour. Il veut me parler d'urgence. Je file au *Petit Verger*.

L'air à plat, la respiration saccadée, il m'annonce qu'il revient de l'hôpital.

— Au réveil, je ne me sentais pas très bien, une angoisse me contractait l'estomac et j'avais le sentiment de m'être vidé d'un coup de toute mon énergie vitale.

Il fait une pause avant de poursuivre.

— Je pense qu'il s'agit d'une conséquence de l'entretien que j'ai eu, hier dans l'après-midi, avec Paolo Sorrentino.

— T'es allé rendre visite au frère de Marco ?

Il hoche la tête.

— Je dois d'abord te dire que j'avais décidé de m'y rendre sous l'élan de la colère, exaspéré qu'il fasse des misères à Marielle dans la négociation. Je m'attendais à ce qu'on en vienne aux coups bas, aux mots blessants. Mais une fois arrivé sur place, ma rencontre avec lui ne s'est pas déroulée comme je le prévoyais. Quand je me suis retrouvé à la galerie, j'ai réalisé tout à coup que l'occasion m'était donnée de faire la paix avec mon passé… avant de… m'en aller, ajouta-t-il la voix étranglée.

Et Charles-Émile me raconte que Sorrentino a été très surpris, contrarié même, de le voir surgir ainsi à la galerie sans prévenir. Il y avait trois ans qu'ils ne s'étaient croisés. Depuis les funérailles de Marco. Voilà exactement ce qui s'était passé : en se retrouvant dans le lieu où son amoureux avait tant investi de sa vie et de sa créativité, c'est non pas la peine qui avait ressurgi, ou la colère, mais plutôt le bonheur qu'ils avaient partagé tout au long de ces années. Face à ce frère sur la défensive et prêt à l'attaque, il s'était surpris à déposer les armes de la vengeance, et ce, même si le couple qu'il formait avec Marco avait été la cible des jugements et des sarcasmes de Paolo. Il se sentait désormais prêt à mettre de côté cette amertume qu'il tentait de réprimer depuis des années. Derrière le gros homme à la parole cinglante et aux attitudes pédantes, Charles-Émile reconnut soudain l'être blessé qui avait grandi avec le sentiment de ne pas être accepté lui non plus, de s'être toujours senti abandonné par ce frère qu'il aimait par-dessus tout. Calmement, Charles-Émile lui avait simplement dit, et il essaya de se citer :

— En vouloir au passé ne fera jamais revenir celui que nous avons aimé. Ton frère t'aimait, même si tu en as toujours douté.

Comme il ne voulait aucunement faire le procès de ces années, Charles-Émile n'avait rien ajouté. Mais il ne faisait aucun doute pour lui que Sorrentino n'avait jamais accepté de partager son frère avec lui. Il aurait voulu l'osmose, la relation unique, intouchable. Pour Charles-Émile à présent, une seule chose comptait : vivre en paix ! Mourir en paix ! Il lui avait alors tendu la main, l'autre l'avait serrée comme malgré lui, mû par quelque force invisible qui, comme par enchantement, avait facilité une certaine réconciliation.

Après avoir quitté la galerie, Charles-Émile était allé se promener dans le quartier où lui et Marco avaient vécu les dernières années. Là encore, il avait fait ses adieux pour ensuite reprendre la route, apaisé. Mais à son réveil, ce matin, il se sentait complètement épuisé et, pour calmer son anxiété grandissante, il s'était décidé à aller voir son médecin dès la première heure, sans rendez-vous.

— Et alors ?

— Mon médecin me l'a confirmé. Comme je ne prends aucune médication, mon système immunitaire est vulnérable et, effectivement, de fortes émotions peuvent drainer toute mon énergie. J'envisage de commencer une trithérapie. Nous en avons discuté.

Je ne sais si c'est le fait de me raconter tout cela, mais sa respiration s'était régularisée. Il retrouvait le calme qui le caractérise depuis que je le connais.

— Qu'est-ce qui va se passer maintenant ?

— Je ne connais pas l'avenir, mais ce dont je suis absolument certain c'est que je veux vivre le mieux possible. Mon passé, que j'ai porté comme un poids, je le laisse aller. Marco n'est plus, il me faut l'accepter. Mon fils revient, cela me rend heureux, mais je ne veux aucune obligation. Pas d'attente ni de promesse. Quant à Marielle… il fait une pause et c'est comme si tout son être s'illuminait de l'intérieur… oui, quant à ta belle princesse, comme tu l'appelles, et tu as bien raison, elle me permet de découvrir qu'il y a toujours en moi le rire, la tendresse et peut-être… du désir. C'est bon de me rendre compte de cela, car je croyais vraiment que tout s'était évanoui avec la maladie. Et toi, toi ma chère écrivaine, tu arrives à dénouer certains nœuds en moi que je croyais… intouchables.

Après ce monologue, mon voisin se lève pour aller chercher, me dit-il, quelque chose qu'il désire m'offrir. Je le regarde s'éloigner, le pas plus assuré.

Il revient et me tend une pochette de velours noir.

— Pour te remercier, Jeanne, de ranimer en moi l'énergie qui me permet de mieux vivre !

Émue, j'ouvre la pochette pour découvrir à l'intérieur un bijou. Au bout d'une chaîne, un anneau d'argent ciselé retient une céramique miniature qui représente *la bonita*, me dit-il, qui est la rose d'hiver mexicaine. Au verso, l'artisan a sculpté dans l'argent une série de symboles : un soleil, un cœur, une étoile, une main, un œil et un chien.

— Ce *milagro* ou « petit miracle » est un porte-bonheur. Les symboles qui y sont gravés t'appartiennent désormais. Tu seras encore mieux protégée, puisque tu l'es déjà, chère écrivaine.

Et Charles-Émile me l'attache autour du cou.

Je me blottis contre lui. Je romps les amarres, je me laisse bercer. Enfin.

— J'ai peur, Charles-Émile, j'ai mal à ma solitude. Je ne sais plus où j'en suis.

Mon voisin veille sur moi plus que je ne le crois. Au creux de mon oreille, il chuchote :

— La lumière continuera d'éclairer ta vie, tu dessines des cœurs dans la vie de tous ceux que tu côtoies et tu as une bonne étoile.

Prenant ma main, il ajoute :

— Ta main écrite est ton espoir de demain. Et cet œil est l'intuition qui te guide.

— Et le chien ? dis-je en riant à travers mes larmes. De quel chien s'agit-il ?

— Je n'en ai pas la moindre idée, me répond-il en m'embrassant câlinement sur le front.

Nous nous regardons avec une infinie tendresse et je dois reconnaître que, désormais, la vie de mon voisin est mystérieusement liée à la mienne. Et si l'amour possédait différents visages ?

Je prends congé de mon ami en le remerciant de sa sollicitude et je lui fais promettre qu'il donnera suite à sa visite médicale. Quant à moi, je retourne à ma solitude. Lorsque j'entre chez moi, le visage d'un certain violoniste veut s'imposer à nouveau, mais je chasse cette vision. Surtout ne pas réveiller le désir qui, je le sais, sommeille. En réalité, je préfère le calme de ma retraite au fond des bois au tumulte d'un rêve impossible. Celui d'aimer à nouveau.

Août

Depuis le début du mois d'août, la rentrée littéraire se prépare. Des courriels arrivent : propositions de conférences, causeries littéraires, confirmation de ma présence à différents festivals... À partir de la mi-septembre, je reprendrai mes activités professionnelles.

La perspective de me retrouver sur la route, parmi le monde, m'excite moins que d'habitude. Même si je peux poursuivre mon écriture quotidienne n'importe où, je ressens la nécessité, cette fois-ci, de côtoyer mon sujet tous les jours. J'appréhende également que la santé de mon voisin ne se détériore, rapidement. L'autre jour, lors de l'une de mes visites, il m'a fait répéter à deux reprises la date de mon départ pour les Îles de la Madeleine, où je me rends au début de l'automne, à l'occasion du Festival du conte. J'ai compris par cette demande, somme toute anodine, que Charles-Émile se sent plus rassuré de me savoir tout à côté. Même si son fils peut être à son chevet en cas d'urgence. Son fils... Nous n'en avons pas reparlé et je ne l'ai pas revu.

Finalement, je me suis concentrée sur ce roman inspiré par *L'église de l'Angélus*. Depuis des mois, je passe des heures à scruter la copie du tableau et je suis toujours aussi fascinée de constater qu'en 1859, dans un petit village de France, un peintre a réalisé un tableau qui, quelque cent cinquante ans plus tard, aide un homme à continuer de vivre. Cette gravure de Charles Émile Jacque a voyagé dans les bagages de la grand-mère Sorrentino pour se retrouver un jour dans le baluchon de mon voisin et, mystérieusement, le destin m'a comme désignée pour en déchiffrer le secret…

Une fois de plus, comme je le fais tous les deux ou trois jours, je reprends le chemin du *Petit Verger*. Lors de ma dernière visite, mon voisin songeait à consentir à un traitement, j'ai choisi de ne pas me manifester et je ne l'ai pas relancé. Je connais sa personnalité de reclus et je ne désire nullement m'imposer ou jouer à l'infirmière. Il détesterait. Je m'abstiens donc d'intervenir. Même si son état de santé me préoccupe, les questionnements qu'il suscite lui appartiennent et il lui revient de considérer les choix qui s'offrent en pareille circonstance. Je lui ai tout de même suggéré qu'il pouvait faire appel à moi à tout moment s'il en éprouve le besoin.

Mais… d'où sort ce chien ? Yukon vient à ma rencontre, accompagné d'une belle bête, haute sur pattes, musclée, un mélange de doberman et de labrador.

— Mathis !

Du perron, Charles-Émile appelle le chien qui retourne immédiatement vers son nouveau maître. Voilà ce que mon voisin m'annonce dès que je le rejoins. Même si son médecin lui interdit de vivre en présence d'animaux, n'étant pas d'accord non plus que son patient vive à la campagne, Charles-Émile en a décidé autrement.

— Je suis allé le chercher à la SPCA. Il avait été abandonné dans un stationnement de centre d'achat, peux-tu le croire ?

Attendri, il caresse affectueusement la grosse bête au poil dru et luisant qui vient poser sa tête sur sa cuisse.

— Quand je t'ai offert ce *milagro* et que tu m'as demandé de quel chien il s'agissait... Eh bien, voici le toutou, me lance-t-il, mais c'est le mien.

— Beau toutou en effet, et affectueux. Mathis...

Après une seconde d'hésitation, l'animal vient me flairer, son museau humide frôle ma main, je lui fais un câlin qu'il semble apprécier. Accompagné des deux bêtes, Mathis et Yukon, qui s'entendent déjà à merveille, Charles-Émile me fait faire le tour du propriétaire. Les eaux du petit étang ont encore monté depuis ma dernière visite. Mon voisin y a fait aménager quelques variétés de plantes aquatiques dont des nymphéas roses. Le plan d'eau n'a déjà plus l'air d'un chantier. Alors que les bêtes vont s'ébrouer, nous prenons place dans les chaises bleues provençales qui invitent à la confidence. Discrètement, je cherche à deviner l'humeur de mon voisin si souvent difficile à cerner. Il a son regard des jours gris.

— Ça va ? dis-je.

— Ça va.

Mais non, ça ne va pas. Je le vois bien. Il se terre. Muet. Il ne m'a pas fait la bise d'ailleurs. Nous sommes en début d'après-midi et il porte sa culotte de pyjama en flanelle alors qu'il fait au moins 24 degrés. Non, ça ne va pas. Je me fais violence pour ne rien bousculer. Il est assis à côté de moi, mais il n'est pas là. Charles-Émile se tient ailleurs, en un lieu connu de lui seul. Pour faire diversion, je lui annonce que Marielle a téléphoné en avant-midi et qu'à cette heure elle doit discuter avec Sorrentino. Il me regarde enfin. Une tristesse noire fait écran à son regard habituellement si brillant quand il s'agit de la princesse. Il ne commente nullement la nouvelle que je viens de lui annoncer et me lâche cette phrase :

— Je ne reverrai plus Marielle.

Je reste estomaquée.

— Mais… pourquoi ? J'avais cru comprendre…

Charles-Émile ne me laisse pas terminer ma phrase. Il conclut sèchement :

— Il n'y a pas d'avenir pour nous. C'est préférable ainsi.

Il se lève pour cacher le tremblement qui agite sa mâchoire. Il se dirige vers le patio de sa chambre, s'arrête en haut des marches pour me faire signe de le rejoindre.

Nous entrons.

La chambre est pratiquement vide. Charles-Émile ferme le rideau devant la porte-fenêtre, se déshabille et s'allonge sur le lit. Il se couvre d'un drap blanc. On dirait un linceul.

— Nous y sommes, chère écrivaine…

Bouleversée, j'attends qu'il me dise ce que je sais pourtant depuis le début, mais que je redoute.

— Tu peux l'écrire… j'y suis.

TROISIÈME PARTIE

Une saison pour partir

Sa tête grise repose sur la blancheur d'un oreiller moelleux. Sur son visage aux traits détendus flotte un sourire. Il a fermé les yeux sur le monde. Il respire calmement. Quand il s'est glissé, tout à l'heure, sous le drap écru, j'ai surpris sur son corps amaigri des marques rouges qui creusaient sa chair. Il ne se plaint pas. Il souffre pourtant. Il accepte cette étape. Il la contient avec une réserve d'émotion surprenante.

J'ai pris place à ses côtés, ma main dans la sienne qui, par intervalles, est parcourue de soubresauts. Il dort, apaisé. Tout à l'heure, il m'a révélé l'un des chapitres les plus douloureux de son existence.

Charles-Émile m'a finalement avoué pourquoi il refuse toute médication. Dans les flacons de pilules, il revoit sans cesse l'image terrifiante de sa mère morte suicidée. À quinze ans, alors qu'il revenait de l'école, en fin d'après-midi, il l'a retrouvée, vêtue de sa robe de chambre de satin blanc, allongée sur le divan du salon, par terre, un flacon de barbituriques vide, échappé de sa main. Les rideaux avaient été tirés. L'*Ode funèbre* et le *Requiem* de Mozart jouaient en boucle. Sa pièce musicale préférée.

Voilà d'où vient la fascination de Charles-Émile pour ce grand classique. Avant d'appeler les urgences ou la police, l'adolescent, sous le choc, avait passé plusieurs heures avec celle qui était l'amour de sa vie. Il avait d'abord rangé le salon, jeté la bouteille d'alcool et le flacon fatal, vidé le cendrier qui traînait sur la table à café. Ensuite, il avait procédé au rituel amoureux : lavé le visage pour effacer la grimace des derniers moments, brossé la chevelure brune et bouclée. C'est seulement quand le soir s'était glissé sur le corps refroidi, que la noirceur avait envahi la maison, qu'il s'était laissé aller à pleurer. Dans la pénombre, il avait embrassé le visage détendu de sa mère, caressé son front, ses yeux, ses joues, son menton. Il avait pu enfin lui témoigner tout l'amour que sa détresse contenait.

Tard le soir, il s'était résigné à composer le 911. La police, l'ambulance et tout ce qui suit en pareille circonstance, de tout cela ne restaient que de vagues souvenirs. Et Charles-Émile ne me parle alors de personne d'autre. Je ne sais toujours pas s'il a des frères ou des sœurs. Son père demeure une énigme, une absence.

Il m'a parlé sans retenue pendant presque une heure.

Il sommeille à présent. Assise à ses côtés sur le lit, je songe à tout ce qu'il vient de me raconter. Quel choc pour un enfant de trouver sa mère partie pour toujours !

Et suicidée ! Si, depuis ma rencontre avec Charles-Émile, je me posais des questions sur sa difficulté à accueillir la vie, je comprends mieux maintenant le sens du désespoir qui l'habite. Sa culpabilité aussi. Que ressentir quand un proche, une proche, la plus intime, se donne la mort ? Du désespoir, forcément. Et pendant longtemps. Il m'a confié tout à l'heure que depuis ce jour fatidique, il n'a jamais eu qu'une seule véritable envie : mourir pour aller la retrouver. Toute à mes réflexions, je remarque soudain un détail de la fresque… Tiens… les silhouettes des deux personnages ont changé de place. Elles ont été effacées pour être peintes à nouveau plus avant dans le tableau, tout près du porche de l'église.

Je pense : Charles-Émile se prépare à pénétrer dans l'enceinte éternelle.

De la cuisine, la sonnerie musicale de son cellulaire me sort de ma réflexion et à pas feutrés, je quitte la chambre pour aller répondre.

— Allo ?

— Ah ! Ma Loulou, je me disais que je te trouverais là ! Je sors tout juste de chez Sorrentino, deux heures d'entretien. Figure-toi qu'il accepte mon offre d'achat. Je n'en reviens pas ! Et il a été d'une courtoisie à mon égard, je ne te dis pas… Il m'a montré l'inventaire de la boutique, on a discuté de ce qu'il désirait conserver, bref, tout s'enligne merveilleusement bien.

Sans remuer les lèvres, j'écoute mon amie me débiter toute sa rencontre.

— Dis donc, ma Loulou, t'es toujours là ?

— Oui, oui.

— Est-ce que Charles-Émile peut venir au téléphone ?

— ...

— Loulou, est-ce que ça va ?

— Charles-Émile se repose. Je lui fais le message et je te rappelle plus tard.

— C'est bon. Ah ! Si tu savais comme je me sens soulagée ! À plus tard.

Je raccroche, songeuse. Comment Marielle va-t-elle prendre la décision de Charles-Émile de ne plus la voir et surtout de se retirer ainsi ? De tout ? De la vie elle-même ? Et cette volte-face de Sorrentino qui laisse aller la galerie au prix proposé par Marielle me confirme que la visite de Charles-Émile a porté ses fruits.

Je reviens à son chevet. Il dort toujours. Je laisse un mot sur la table.

« Repose-toi bien. Je reviendrai demain. J'ai une bonne nouvelle à t'annoncer. »

Il n'est pas loin de vingt heures quand Marielle me rappelle de son portable. Elle est à bord du car et arrivera dans moins d'une demi-heure à la gare routière. J'ai tout juste le temps de m'y rendre pour l'accueillir. Je ferme toutes les fenêtres, car le ciel est à l'orage, et je prends la route, un peu ennuyée tout de même par sa visite impromptue. Comme je viens de traverser des heures intenses auprès de mon ami, j'aurais préféré disposer d'un peu de tranquillité pour récupérer. Me recueillir et méditer sur ce dernier aveu de Charles-Émile. Mais la vie ne se présente pas toujours selon ce que l'on souhaite et il faut constamment s'adapter. Voilà une chose que m'a enseignée mon cher amour : demeurer disponible et ouvert à ce qui se présente.

En passant devant *Le Petit Verger*, je distingue à la fenêtre la lampe Tiffany qui irradie dans sa lumière bleuâtre. Je pense que Charles-Émile s'est donc levé et qu'il se cuisine peut-être quelque chose à manger. Il a tant besoin de refaire ses forces. Je traverse le village et file sur l'autoroute en me demandant comment nous trois, Marielle, Charles-Émile et moi, allons vivre les prochaines heures.

À la vue de mon amie vêtue de ses atours colorés – une redingote brodée et une interminable écharpe jaune –, mon humeur inquiète se transforme instantanément en pure joie de la revoir. Tout au long du trajet, elle me raconte d'abord comment sa rencontre avec Charles-Émile la touche et la motive. Elle apprécie son indépendance et, de plus, elle a le sentiment de découvrir pour la première fois un être dont elle partage les affinités. Comme elle, il s'intéresse à la peinture, et c'est tant mieux, car comme elle le dit comiquement :

— Moi, ma Loulou, je ne suis pas faite pour le badminton, la natation ou le vélo. Je ne suis pas faite non plus pour le ping-pong, le tango ou le bingo ! Moi, je suis faite pour l'amour, trois fois par jour !

Elle ajoute, à la suite de cette tirade, que, plus sérieusement, elle vit en fait un début de relation avec cet homme qui n'a rien à voir avec ses rencontres amoureuses passées. Elle est tout à fait consciente que la santé de Charles-Émile est fragile et comporte des risques. Ils n'ont pas encore fait l'amour, mais ce qui se dessine pour eux, depuis leur première nuit, est d'abord une amitié amoureuse.

— Pour la suite, je ne sais pas et je ne veux pas la connaître. Pour une fois, je me sens libre, sans attente, et c'est merveilleux !

Je suis soulagée de l'entendre. Marielle ne veut pas me raconter tout de suite les détails de sa négociation avec Sorrentino, préférant nous en faire part à Charles-Émile et moi en même temps. Je ne vois toujours pas comment aborder avec elle la confidence qu'il m'a faite sur sa décision de ne plus la revoir. Mais je ne dis rien, considérant qu'il ne m'appartient pas d'en être la messagère.

En passant devant *Le Petit Verger* déjà plongé dans la noirceur, je propose à Marielle de remettre au lendemain notre visite à Charles-Émile. Elle me donne son accord. Arrivée à la maison, connaissant les habitudes, elle monte s'installer dans sa chambre. Je nous prépare une tisane de Myrice. La nuit humide fait entendre les grondements d'un orage qui n'a pas encore éclaté. Repensant à mon entretien de l'après-midi avec Charles-

Émile, je fouille dans ma discothèque et mets la main sur un enregistrement du *Requiem* de Mozart.

Installée confortablement, les yeux mi-clos, la tasse fumante entre les mains, je me laisse porter par la musique. Soudain le souvenir remonte. Fulgurant. Cette *Ode funèbre* suivie du *Requiem*… l'église était bondée… ils étaient tous là, les amis du collège et de l'université… l'odeur et les vapeurs de l'encens qui piquaient les yeux… je ne cessais de pleurer… et ce *Requiem* chanté… nous remontions l'allée centrale derrière le cercueil d'Émile… Marielle tenait mon bras… cette cérémonie me semblait irréelle… une mascarade… mon fils n'était pas mort… un jeune homme dans la force de l'âge ne peut pas mourir noyé… voyons, il y a erreur… Dieu s'est trompé, il n'a pas désigné la bonne personne ! Un remous puissant saccage tout sur son passage… mon corps tremble… je m'accroche désespérément à mon amie pour ne pas sombrer à mon tour…

L'arrivée de Marielle me fait ouvrir les yeux. Elle s'assoit face à moi.

— Et toi, ma Loulou, comment ça va ?

— Moi ? Ça va, dis-je encore sous le choc de cette réminiscence.

— Ça va… ça va… Tu parles d'une façon de me répondre ! Ma Loulou, je le vois bien que tu ne files pas. Je ne suis pas aveugle !

Je ne réponds pas. Mes yeux me trahissent pourtant. Mais je désire garder pour moi cet espace de chambardement intérieur. Pour le moment, il n'y a qu'à travers les pages de mon roman que j'arrive à affronter ce qui m'habite, à nommer ce que la mort annoncée de mon voisin soulève en moi.

— Je suis heureuse que tu sois là, mais j'ai besoin d'être seule un moment. On parlera demain. Ok?

Mon amie se lève, me fait la révérence, la bise, me souhaite bonne nuit et reprend l'escalier vers sa chambre.

— Je t'aime, lui dis-je alors qu'elle disparaît.

Je l'entends me répondre:

— Je t'aime moi aussi.

Des larmes très douces s'échappent de mes yeux. Douces comme cette pluie d'été qui se décide enfin à tomber, comme les dernières mesures du *Requiem* de Mozart.

Je dors d'un sommeil agité. Puis me réveille au milieu de la nuit, frissonnante, habitée par un rêve qui ressemble étrangement à celui que j'ai fait il y a plus de trois mois, à mon retour des Bergeronnes, et dont j'ai gardé une étrange impression.

Cette fois encore, un homme marche sur la plage. Je reconnais Charles-Émile. J'identifie enfin les deux femmes. Celle qui tient un sablier, c'est moi, et l'autre, Marielle. Alors que dans la version précédente, une tempête se levait sur la mer, cette fois-ci l'océan est devenu une prairie verdoyante sous un ciel sans nuage, d'un bleu lumineux.

— Tu avais fait un rêve prémonitoire, ma Loulou, et voilà qu'il s'est transformé !

Marielle, à qui je viens de raconter mon rêve, est persuadée que celui-ci annonce un dénouement positif à l'aventure de notre ami.

— Autant son existence a été souffrante et tumultueuse, autant la fin sera paisible et sereine.

Je veux la croire. De tout mon être. Il m'est tellement difficile de ne pas intervenir, de laisser la vie des autres suivre son cours. De me contenter d'offrir un peu de présence et de simplement faire confiance. Qu'il est éprouvant d'accepter mon impuissance face à la maladie qui ronge Charles-Émile et dont je ne perçois que quelques symptômes : une grande lassitude, une fatigue qui lui semble impossible à surmonter et un état psychologique où je devine un gouffre sans fond.

— Marielle, peut-on faire plus ?

— Loulou, c'est là qu'il faut reconnaître nos limites et celles de l'autre. Si Charles-Émile t'a confié sa vie à écrire, c'est que tu lui donnes exactement ce dont il a besoin. Pour le moment.

— Tu es au courant du sujet de mon nouveau récit ? dis-je étonnée.

— Charles-Émile m'en a parlé, oui. Sans entrer dans le secret de vos entretiens, je sais que cet échange entre vous lui apporte… une espérance… oui, c'est ça, c'est le mot qu'il a employé.

Mon amie reprend ma tasse pour aller me servir à nouveau. Je la suis comme un petit chien suit son maître. Je me sens fragile ce matin et j'ai besoin d'être rassurée. Elle qui me connaît si bien m'ouvre ses bras roses comme pour m'envelopper de ses ailes.

— Oh ! Princesse ! Je m'ennuie tellement ! L'absence de mon cher amour devient parfois insupportable. La… perspective de voir mourir Charles-Émile me fait revivre tous mes deuils et me laisse comme… perdue…

Mon amie berce mon corps secoué de sanglots. Je ne résiste plus. Je m'abandonne. Je laisse aller chagrin, inquiétude, tourments. Au milieu de ma vie, à plus de cinquante ans, je ne suis qu'une enfant.

Il y a des peurs, des mélancolies qui sont incrustées pour la vie.

Après une baignade au lac qui me laisse rassérénée, nous faisons un brin de toilette et reprenons ensemble le chemin du *Petit Verger*. La maisonnée repose parmi les fleurs odorantes et les pommiers tordus regorgent de fruits qui seront à cueillir bientôt. Je frappe à la porte.

— Charles-Émile ?

Pas de réponse. Mon voisin est là, puisque sa voiture est stationnée devant le perron. Soudain Mathis surgit en jappant derrière la porte moustiquaire.

— Il a un chien ?

— Oui, depuis hier.

— Charles-Émile, c'est moi. Je suis avec Marielle.

En sourdine on entend le violon, le « Cygne » de Tchaïkovski. Je fige. Son fils serait-il là ? Pourtant, sa voiture n'est pas dans la cour.

— Charles-Émile ?

— Mathis ! lance une voix éraillée.

La bête retourne à la cuisine et des pas se font entendre, un meuble est bousculé et quel n'est pas notre étonnement de voir surgir Charles-Émile, coiffé de son drôle de béret à carreaux, un pinceau à la main. À notre vue, son visage s'éclaire et il nous invite à entrer. Il est seul. Le salon a retrouvé sa vocation d'atelier, mais cette fois-ci il ne peint pas sur une toile, mais s'affaire directement sur le mur. Et il ne s'agit pas d'une variation de *L'église de l'Angélus* mais d'une représentation de la prairie qui s'étale devant sa fenêtre, avec nos belles voisines highlanders qui broutent dans une lumière matinale mordorée. La nouvelle fresque est comme une fenêtre ouverte sur le paysage.

— Voilà mon médicament ! nous annonce-t-il fièrement.

Je suis stupéfaite ! Mon voisin a retrouvé l'énergie débordante des premiers jours où j'ai fait sa connaissance. Visiblement très heureux de revoir Marielle qu'il embrasse et tient par l'épaule, l'homme que j'ai devant moi n'a rien à voir avec celui que j'ai quitté hier, dans la chambre mortuaire.

Et réunis tous les trois autour de la table, il nous raconte qu'au milieu de la nuit il a été saisi d'une révélation.

— Je me suis rappelé que la santé de Marco avait considérablement chuté lorsqu'il avait cessé de peindre à cause de ses mains rongées, nouées par l'arthrite.

Il vient de comprendre le message que Marco a voulu lui transmettre à travers *L'église de l'Angélus*: tant qu'il sera créatif, la vie continuera de couler en lui. Ces derniers mois, quand il ne cessait de peindre encore et encore ce tableau, il avait senti ses forces revenir, peindre ranimait la vie en lui, effaçant toute lassitude, le transportant ailleurs, au-delà de la maladie, des inquiétudes, des idées noires. L'énergie de la création serait sa guérison!

Il parle d'une voix exaltée, le corps déployé, avec le pinceau au bout de la main qui dessine des arabesques qui viennent ponctuer dans l'air son récit. On dirait qu'il a lui aussi reçu la visite de l'Ange! Qu'il a eu son Annonciation!

Alors, il va peindre tous les murs de sa maison. Après il se remettra aux tableaux…

Il s'enflamme à nouveau à raconter sa révélation de la nuit et des gouttes de sueur dégoulinent sur son front, alors que sa main droite tremble quand il porte la tasse à ses lèvres.

— Du calme, du calme, Charles-Émile, la journée n'est pas encore terminée et attends de savoir ce que j'ai à te raconter au sujet de Sorrentino.

Marielle fait le récit de sa négociation et nous explique dans les moindres détails comment le vent a tourné en sa faveur. Tandis que je la presse de questions alors que Charles-Émile, de son côté, semble presque indifférent, Marielle nous relate l'aveu de Sorrentino : le temps était venu de passer à autre chose ; il avait fait évaluer le commerce et le prix que Marielle lui offrait était plus que raisonnable. De plus, vu son attachement à la galerie, il était rassuré à l'idée qu'elle garderait le commerce et ne le ferait pas raser pour construire des condos, comme on en voyait pousser à présent dans tous les quartiers de la métropole.

— Nous passons chez le notaire dans les prochaines semaines.

— Garderas-tu le nom de la Galerie Sorrentino ?

— Qu'est-ce que tu en penses, ma Loulou ? Bien sûr que oui ! s'exclame-t-elle à l'intention de Charles-Émile, qui n'a pas prononcé un seul commentaire, mais dont le sourire en dit long.

Soudain Marielle se lève d'un bond et nous lance :

— Je retourne à la maison chercher quelque chose que je t'ai apporté, Charles-Émile. Je reviens.

Après ce départ précipité, son odeur flotte dans la pièce. Un mélange de patchouli et d'épices.

Charles-Émile a déposé son pinceau et caresse en silence la tête de Mathis. Je le regarde. Cet homme m'étonnera toujours.

— Ça fait plaisir à voir que tu te sois remis à la peinture.

— Beaucoup grâce à toi.

— Ah oui ? Comment ça ?

— Après ton départ hier, lorsque je me suis éveillé, j'ai senti que je venais de franchir une étape. Cela peut te paraître invraisemblable, mais de t'avoir raconté la mort de ma mère m'a libéré. Comme si j'avais enfin pu laisser ce souvenir derrière moi. Tu sais, Jeanne, je n'en ai jamais parlé à personne. Même pas à Marco. Non seulement je ne l'ai jamais évoqué, mais dans la réalité ça ne s'est pas déroulé ainsi.

Il se racle la gorge avant de continuer.

— La mort de maman fut un événement violent à tous points de vue. Je n'ai même pas pu m'approcher d'elle. Hier, alors que tu tenais ma main, c'est comme si tu m'avais guidé vers cette vision intérieure que j'ai toujours eue ; celle de pouvoir vivre les derniers moments avec ma mère, tels que je te les ai décrits hier.

Je reste silencieuse. Bouleversée. Mon voisin pleure. Doucement, il prend ma main et la porte à ses lèvres.

— Merci, chère écrivaine. Je te fais confiance. Ta main, qui est guidée par l'amour, peut révéler tant de choses… tu sauras raconter même cela.

Chamboulée, j'accepte cet hommage.

— Dis-moi, tu as fait un dépôt pour l'achat de la galerie, n'est-ce pas ?

Charles-Émile se contente de sourire.

Marielle est de retour, portant sous le bras un carton roulé. Curieux et perplexes tout à la fois, nous la dévisageons. Ma princesse devient grave tout à coup.

— Charles-Émile… j'ai pensé que cela te ferait plaisir… mais je tiens à te prévenir… ce sera tout de même émouvant.

Elle retire du carton une toile qu'elle déroule sur la table. Il s'agit du portrait d'un homme et d'un jeune garçon. Je suis stupéfaite ! Immédiatement, je reconnais, sous les traits pubères, le fils de Charles-Émile à l'âge de sept ou huit ans. Le même regard mélancolique et sombre, les cils si longs que l'on dirait ceux d'une fille. J'en conclus que l'homme à ses côtés ne peut être que Marco. La toile de toute manière est signée de son nom. Mais, pour l'amour du ciel, comment et où Marielle a-t-elle pu dénicher cette peinture ? Je ne l'ai certes jamais vue chez elle. De cela, je suis absolument certaine.

Charles-Émile se penche au-dessus de la table.

Délicatement, sa main se pose sur le visage aimé, puis sur celui de son fils. Tout est avoué dans ce geste, l'amour partagé, l'immense tendresse pour ces deux êtres. Autour de nous, le temps reste en suspens : ma respiration, la phrase qui allait naître sur les lèvres de Marielle, la main de Charles-Émile sur la toile. Les nuages se sont immobilisés au-dessus de la prairie, le chien s'est arrêté devant la porte, les aiguilles de l'horloge sur le mur de la cuisine se sont figées un instant et le « Cygne » qu'on entendait tout à l'heure s'est tu. Plus rien ne bouge.

Le temps s'arrête.

Une heure plus tard, tous les trois assis sur le lit, nous contemplons la toile épinglée au mur.

L'attitude et les traits de cet enfant qui tient un violon dans ses petites mains délicates présageait déjà la relation toute particulière qu'il aurait avec cet instrument : au fond des yeux immenses, un bonheur teinté de gravité. Il se dégage de ce portrait une complicité et une affection empreinte de bienveillance ; duo émouvant que cet homme enlaçant de façon protectrice l'épaule du jeune musicien.

— Marco affiche le sourire d'un papa fier du talent de son fils, vous ne trouvez pas ? Je les avais photographiés après le concert de fin d'année de l'école, et comme cadeau d'anniversaire, pour ses vingt ans, au moment où il nous quitta pour aller vivre seul en appartement, Marco lui avait offert cette toile…

Du rappel de ce souvenir monte une buée de chagrin. Passagère.

— Il y a longtemps que je ne l'avais vue. Ces dernières années, Mathieu a dû se résigner à la ranger dans un carton… disons que ce tableau créait un problème, un conflit dans sa relation et… enfin… ça n'est pas tout le monde qui peut comprendre et accepter qu'un couple homosexuel ait pu élever un enfant.

Il nous confie cette réflexion qui fait ressurgir, nous en sommes témoins Marielle et moi, des moments qui ont dû être difficiles pour lui et Marco. Il n'ajoute pas d'autres détails, se réservant des plages silencieuses où il préfère être seul à méditer.

Je passe mes doigts dans le pelage de Mathis allongé à nos pieds et je me fais la réflexion qu'en définitive, mon voisin est un homme assez réservé, non seulement à l'égard de ses propres sentiments, mais vis-à-vis des autres également. Rarement l'ai-je entendu parler de quelqu'un avec ressentiment ou en le jugeant, sauf si on l'avait profondément blessé. Il nomme sans gêne ce qui lui déplaît, mais avec grande économie. Je ne l'ai jamais entendu déblatérer sur son passé. Il assume entièrement ses choix et les conséquences de ses actes. J'admire sa force de caractère, sa lucidité, sa franchise. Je réalise encore là, aujourd'hui, combien sa sensibilité d'homme, bien que contenue, peut se révéler de façon désarmante. Je l'observe : silencieux, il est perdu dans ses pensées.

Je savoure cet instant que nous partageons, comme une communion, un moment de dévotion.

Charles-Émile sait qu'il va mourir. Il ne connaît pas encore le moment ni l'heure. Une certitude toutefois vient de lui être confirmée. Tant qu'il sera animé de l'intérieur, occupé à vivre le présent, la Faucheuse, aux abords de la prairie, attendra. Elle attendra que l'ombre descende sur *Le Petit Verger.* Elle attendra que la saison pour partir soit consumée.

— Mathieu désirait t'en faire cadeau. Tu sais que tu lui as procuré un grand bonheur en lui offrant la surprise de la crèche lors de sa dernière visite, lui confie Marielle. C'est hier qu'il m'a téléphoné pour venir me porter le carton.

Charles-Émile se dirige vers la porte-fenêtre. Il est secoué. Je le vois à son dos qui se voûte, à sa respiration qui se fait plus saccadée. Je fais signe à Marielle de rester et je quitte la chambre pour les laisser « se faire du bien, se faire du bon ». Quelques minutes plus tard, je les entends rire. La vie est parfois une merveille !

Je quitte *Le Petit Verger* l'âme comblée.

Me voici sur le sentier qui pénètre dans la forêt et mène à la rivière. Il est bordé de gentianes, ces jolies fleurs d'un bleu profond qui poussent en grappes sur les rochers.

Nous avions l'habitude de cette promenade dominicale, mon cher amour et moi. Temps doux ou temps maussade, habillés de nos parkas de neige ou de nos vêtements de pluie, nous partions visiter notre chapelle aux confins de la rivière. Tout au long du sentier, nous bavardions de ce qui avait animé notre semaine. Une manière de « communier » à la vie que nous partagions.

Arrivée au premier plateau, je fais une halte. J'écoute. Non pas les pensées vagabondes qui accompagnent ma marche solitaire, mais plutôt le roucoulement des tourterelles nombreuses en ce sanctuaire sous les arbres. J'espère surprendre une perdrix, un lièvre ou, ô privilège, voir apparaître, dans son pelage aux couleurs de camouflage boisé, un chevreuil au cou élancé, aux pupilles mélancoliques, qui me dévisagerait avant de déguerpir d'un bond dans les fourrés de bouleaux et de trembles emmêlés. Je hume les effluves de la mousse humide qui pare l'écorce des arbres de reliefs aux contours de velours. Des talles de champignons, orange, jaunes et blancs, forment de petites bourgades sous les fougères et tout un monde lilliputien d'insectes y circule, affairé, même le dimanche ! Seul un papillon bleu dort immobile sur une tige de Saint-Joseph. Amen.

Ma prière méditative achevée, je reprends ma descente. Au loin, j'entends le roulement des eaux de la rivière qui bute sur les rochers près du petit pont. Celui de nos amours mandarine. C'est par-dessus le parapet que nous jetions à la rivière les pelures de nos petits fruits de collation, lors de nos randonnées en ski ou en raquettes. L'eau me chante que tu vis heureux, cher amour. Je perçois l'écho de nos pas dans la neige et ta voix m'appelle. J'arrive. Je m'assois sur les rochers. La tête renversée en arrière, je ferme les paupières un instant… me voici nue. Tu embrasses mes seins, ta bouche vole le sourire qui s'épanouit sur mes lèvres et je ris. Ta langue me chatouille… le vent indécent folâtre entre mes cuisses et je l'imagine qui se plaît à rebondir sur tes fesses offertes… embrasse-moi… encore… encore… j'en ai tant envie… si faim. Que jamais je n'en voie la fin !

Après ce rendez-vous doux du mois d'août, je suis revenue à la maison, le cœur en bandoulière. À mon tour, je renoue avec l'espérance. Je touche à cet espace amoureux toujours vivant en moi, malgré la solitude qui a fait son nid en mon lit, depuis la mort de mon compagnon.

En me couchant ce soir, je pense que la Vie orchestre tout. De la naissance à la mort. Nous sommes des musiciens qui accordent leurs instruments à la partition divine qui leur a été assignée.

Et dans la chaleur de la nuit, un violon, quelque part, rejoue la pièce de Tchaïkovski. Rien que pour moi.

Septembre

C'est aujourd'hui que débute la nouvelle vie de Marielle. La transaction immobilière a été conclue rapidement et la princesse, en deux temps trois mouvements, a apporté sa note personnelle au commerce baptisé désormais La Galerie Marielle & Sorrentino. L'ouverture officielle est prévue pour ce soir à 19 heures. Je passerai chercher Charles-Émile qui m'accompagne. Peut-être croiserai-je son fils que Marielle a invité. Cette perspective me rend heureuse et anxieuse à la fois.

Ces dernières semaines, je n'ai pas beaucoup vu mon amie, fort occupée à réaménager sa nouvelle existence. Elle est quand même venue chaque fin de semaine visiter Charles-Émile et nous avons continué de partager cette amitié qui fait de notre trio un ensemble aux accords harmonieux. De mon côté, j'ai passé de nombreuses heures à plancher sur mon récit et à préparer ma première conférence de la saison qui aura lieu à la mi-septembre, lors d'un congrès. Je songe même à y lire un extrait de mon récit, tant mon sujet répond au thème proposé : « Entre le Deuil et l'Espoir ». Quant à Charles-Émile, ses plus récents tableaux font partie du vernissage de ce soir. Pour cette fête, j'ai choisi la couleur de la passion et c'est vêtue d'un ensemble de lin rouge, agrémenté d'une écharpe rose, que je me présente vers 17 heures au *Petit Verger*. Mathis, allongé paresseusement devant la porte moustiquaire, se redresse à mon arrivée et se prend pour le sphinx aux portes des pyramides.

— Tu n'es pas prêt ?

Mon voisin m'accueille en pyjama de flanelle, une couverture sur les épaules, le regard fiévreux et l'air abattu. Il m'invite à entrer et je me retrouve au milieu de son atelier encombré de toiles, de canevas, d'articles de peinture.

— Je n'ai pas la forme aujourd'hui. Une de ces journées ! Depuis mon réveil, j'ai des frissons. Je croyais que cela passerait, mais…

— As-tu parlé avec ton médecin ?

— Pas encore. Si ça persiste, je l'appellerai demain. Je ne t'accompagnerai pas au vernissage, finalement. J'ai tenté de joindre Marielle, mais elle ne répond pas.

Pendant qu'il me parle et range un peu son atelier, je l'observe. Je lui trouve l'air fatigué, quelque chose en lui se vide. La source se tarit de manière si soudaine parfois. Comme aujourd'hui, et ça n'est pas la première fois. Il m'est arrivé à quelques reprises de le retrouver allongé, craignant qu'il soit à la fin de sa longue traversée.

— Allons nous asseoir sur le patio. Il est encore tôt, tu as bien un peu de temps ? dit-il, tout en me précédant dans le couloir qui mène à la chambre et sur la terrasse arrière.

En pénétrant dans son alcôve, je remarque que celle-ci est toujours partiellement dénudée, mis à part la toile de Marco et son fils, toujours épinglée sur le mur nord qui fait face à la fresque... mais... en passant devant, je vois que les silhouettes de la mère et l'enfant ont été complètement effacées...

En les faisant disparaître, Charles-Émile vient de les faire pénétrer dans l'église... et soudain, je comprends que les jours de mon ami sont comptés. Je ne fais aucune remarque. Je tais mes questionnements, mes craintes. Il m'apparaît nécessaire, essentiel, de laisser mon voisin entièrement libre de son destin.

Il me précède à l'extérieur et je peux percevoir, à sa démarche, qu'il avance vers sa fin. Nous nous assoyons face à face. Les joues se sont creusées et sa barbe naissante lui confère une allure de condamné.

— Tu te nourris bien ?

— Je n'ai plus faim.

Son regard se perd au loin, là où le dernier repos l'attend. Alors que je le vois serein, paisible, dans l'acceptation de cette réalité, en moi tout se bat ; le désir de ralentir l'inévitable et, pourtant, je sais pertinemment que l'ultime fin choisit son heure et qu'il ne sert à rien de lui résister.

— Charles-Émile... pourquoi avons-nous si peur de la mort ?

— Je réfléchis depuis des années à cette question, depuis la mort de ma mère en fait. Et j'en suis venu à cette seule constatation : le moribond est partagé entre le désir de s'embarquer et l'espoir qu'ont ses amis, sa famille, la médecine, de le retenir. La peur de la mort, c'est de ne pas être libre de choisir.

Mon voisin a formulé cette dernière phrase en posant sur moi un regard attendri. Et afin de dissiper l'émotion qui m'envahissait, il ajoute :

— Tu devrais y aller, tu vas te mettre en retard et Marielle va s'inquiéter de nous.

— Es-tu certain qu'il ne serait pas préférable que je reste...

— À mon chevet ? me coupa-t-il en riant. Ne crains rien. La barque est encore à quai et le départ n'est pas prévu pour cette nuit. Allez !

Avant que je ne ferme la portière de la voiture, il me lance :

— Dis à Marielle que ce soir, même au loin, je suis de tout cœur avec elle.

À mon entrée, la Galerie Marielle & Sorrentino est déjà bondée. Une faune bigarrée déambule devant l'exposition composée surtout de grands formats ; je reconnais certaines toiles de Marco Sorrentino qui font partie de la collection privée de Marielle. Des tableaux aux couleurs vives, des œuvres mixtes composées de collages qui dénoncent, par leur thème, la société de consommation. Une peinture engagée en somme, presque pamphlétaire et qui ne laisse pas indifférent. L'artiste qu'était Marco Sorrentino y a exprimé sa réflexion et sa révolte. Ses toiles contrastent avec celles de Charles-Émile, de style plus impressionniste. On y retrouve des sujets autrement plus bucoliques, comme ces prairies ondulantes inondées de lumière où un troupeau de vaches ou de moutons broutent à l'heure du crépuscule. Deux mondes, deux univers, deux vies. Si différentes dans leur expression artistique même si elles ont été partagées très intimement. De manière évidente, la peinture de Charles-Émile s'est inspirée des peintres de l'école de Barbizon à laquelle il s'identifie depuis que le fameux tableau est entré dans sa vie.

Marielle s'est frayé, tant bien que mal, un passage jusqu'à moi. Radieuse, enjouée, élégante tout en noir, un brin mystérieuse, la chevelure ramassée en un chignon sauvage qui signe sa personnalité singulière.

— Ah ! Ma Loulou, te voilà enfin !

Après l'accolade et les embrassades, je la félicite pour l'atmosphère haute en couleur et très réussie de sa galerie. Rien n'a été laissé au hasard et les petits coins aménagés en salons des années 50 et 60 pour y déguster l'apéro et les petites bouchées me confirment que la princesse sait y faire pour créer des lieux propices aux rencontres et échanges.

— Charles-Émile ? Où est-il ?

Je la mène à l'écart pour la mettre au courant de la grande fatigue de notre ami. Elle ne paraît pas s'alarmer et m'entraîne à sa suite vers un groupe en admiration devant une toile de Charles-Émile justement. J'en profite pour lui glisser à l'oreille le message de celui-ci auquel elle me répond par un clin d'œil qui témoigne de leur complicité amoureuse.

Un autre regard, tout à coup, a l'effet d'une braise sur ma peau. C'est lui ! Mon cygne ! Il se tient dans le groupe, une coupe à la main. Ses cheveux ont allongé depuis notre dernière rencontre. Ils descendent à présent en masse sombre sur ses épaules. Marielle me présente à tout le monde et devant lui se contente de dire :

— Et tu reconnais bien sûr Mathieu, le fils de Charles-Émile.

Le jeune homme se penche vers moi, ses lèvres sur ma joue ont bien l'effet d'une brûlure. Je ne parviens pas à articuler quoi que ce soit. Je suis foudroyée. Heureusement, un serveur passe près de moi avec un plateau. Je saisis une coupe de vin pour camoufler le malaise qui empourpre mon visage. Cet émoi me ronge depuis que nos regards se sont attachés l'un à l'autre.

— Madame Dorval, je vous présente ma femme…

Je n'entends pas son nom, je ne vois qu'une forme menue s'avancer et me tendre la main ; un maigre visage aux traits fins comme celui d'un petit animal. Une belette aux aguets. Je lui souris, sans la voir. Je ne veux pas la voir. Je ne veux pas qu'elle existe. Qu'elle s'impose entre ce rêve que je fais depuis si longtemps et ce musicien qui, en toute liberté, une nuit, jouera pour moi. Seule.

Je m'éclipse rapidement du groupe pour me prêter au jeu mondain des cocktails où l'on voit tout le monde, mais ne parle véritablement à personne. Je suis perdue comme une bête sortie de sa tanière où elle était en hibernation depuis des mois et qui soudain se trouve sans repère. Je croise quelques personnes que je connais, mais je n'ai pas beaucoup à dire si ce n'est que : oui, je suis en écriture, comme en retraite.

J'ai eu beau tenté l'esquive et me tenir loin de lui, le voici qui s'approche une orchidée à la main. Sans gêne, il vient l'épingler à mon corsage. Mes seins frémissent au frôlement de ses doigts sur ma poitrine et ma peau soupire. Je l'entends se plaindre. Je la trouve ridicule, cette adolescente en moi qui chavire. J'ai passé l'âge de ces émois romantiques et pourtant les voici qui me submergent à nouveau. J'essaie qu'il n'en paraisse rien et j'affiche un masque de théâtre kabuki. Mais en même temps, ma main plus leste, infiniment plus spontanée et aventurière, se dépose sur la taille du jeune homme.

— Papa n'a pu être là ?

— Il ne se sentait pas très en forme cet après-midi. Ton père…

La phrase s'immobilise sur mes lèvres. En prononçant « ton père », j'ai le sentiment de parler à mon fils. Je suis bouleversée. J'éprouve à l'égard de ce jeune homme, qui pourrait être mon fils, un mélange de tendresse affectueuse et de désir amoureux. Puis, soudain, sans crier gare, je ne résiste plus. Je largue tout: les convenances, les craintes, les hésitations. Je dévisage ce jeune homme et l'amour, le désir et la passion qui frémit toujours en moi se déversent. Je cesse d'avoir peur. De moi, de lui, de sa beauté, de sa jeunesse, de son inaccessibilité.

Ma résistance tombée, je suis capable de répondre:

— Ton père, ça va aller. Une baisse d'énergie comme il en a régulièrement. Il se repose.

Sa main cherche la mienne toujours déposée sur sa hanche. Il la porte à ses lèvres et me murmure comme une confidence:

— Je suis rassuré de vous savoir dans la vie de mon père… et dans la mienne. On se reverra.

Le cygne à la chevelure sombre s'éloigne et se perd parmi les invités. Je reste sur place, éblouie. Me revient en tête une lettre, une phrase, de mon amie Christiane: « Et nous nous retrouvons nus, face à cet amour, comme des adolescents. » À cet instant, j'ai tout juste quinze ans. Je me tiens au bord de l'étang, prête à plonger.

Il n'est pas très tard lorsque je reprends la route. Mais déjà la nuit tombe sur les champs de maïs que l'on fauchera bientôt. Les journées se font plus courtes et les nuits plus fraîches se réchauffent aux premières attisées.

En arrivant à la maison, j'allume un feu de bois, prépare ma tisane, enfile ma jaquette de flanelle et me démaquille. Celle qui me dévisage dans le miroir a repris son âge : de petites ailes au coin des yeux, un sillon entre les sourcils, un autre qui descend le long du nez et, depuis peu, ces petites lignes aux commissures des lèvres et sur le menton. Les traces indélébiles du parcours. Parler, rire et sourire. Pleurer, manger, chanter. Me taire aussi. Mon visage ce soir est une carte où courent les chemins de ma vie.

Jolie carte tout de même, me dis-je, en rinçant mon visage à l'eau froide.

Je vais à mon secrétaire pour écouter les messages en attente sur le répondeur. Charles-Émile me demande de le rappeler demain, il se couchera tôt. En effet, quand je suis passée devant chez lui tout à l'heure, *Le Petit Verger* était déjà éteint dans la nuit dormante.

Je veille assise dans la pénombre, à regarder les flammes lécher les bûches, les embraser jusqu'à les réduire en cendres. Hypnotisée, je suis, par ce ballet incandescent où s'élance ma propre danse intérieure. Je suis cette flamme. Mon désir tison, ma passion brûlure. Je dois faire attention. Prudence madame Dorval. Prudence. Au temps de ma jeunesse, j'ai connu la passion dévastatrice, celle qui assujettit et garde sous son emprise, vous saigne. J'ai éprouvé sa morsure. Vénéneuse. Mortelle. Je ne l'ai connue qu'une seule fois. De trop. Ça n'est que beaucoup plus tard que j'ai connu l'amour sous les bienveillants augures de la « reconnaissance ». Certains l'appellent la rencontre de l'âme sœur. J'ai rencontré mon âme sœur.

Avec mon très cher amour, ce ne fut pas le coup de foudre, mais une reconnaissance du cœur. Il y eut rarement entre nous de ces accrochages émotionnels qui sont le lot de tant de couples, peu de divergences d'opinions, jamais de conflits demeurés en suspens. Aucune querelle amoureuse. Notre vie de couple s'est déployée dans un paysage ouvert, serein, où la communication fut une priorité. Presque chaque matin, tel un rituel, nous prenions le temps de nous asseoir ensemble et de bavarder. Nous mettre à jour, à niveau. Notre règle : ne jamais garder pour soi d'émotions négatives qui risquent d'entacher la relation et de nous éloigner l'un de l'autre. Vivre le présent avec gratitude, peu importe ce qu'il nous réserve. Bonheur et douleur. Car il y en a eu. Nous n'avons pas été épargnés. Personne n'est à l'abri des intempéries. Nous avons eu des déceptions professionnelles, des attentes déçues, des amis chers disparus, une santé parfois vacillante, des inquiétudes financières.

Mais cette rencontre inattendue avec le désir bouscule la quiétude de ma retraite. La présence de ce jeune homme vient me surprendre dans mes retranchements…

Je soliloque ainsi jusqu'à ce que mes paupières se ferment et m'endors, lovée dans le souvenir de mon très cher amour et en même temps inquiète de l'avenir qui m'échappe. Je m'éveille à l'aube, toujours allongée dans le fauteuil en cuir, sur moi mon écharpe enroulée. Malgré moi, ma première pensée vole vers le bel oiseau revu hier. Dans ma tête, pieds nus au milieu du salon, je danse sur le ballet romantique de Tchaïkovski, à moi *Le Lac des cygnes !*

Sur le patio arrière qui surplombe le petit lac, allongé sur un transat et abrié d'une couverture de laine à carreaux, Charles-Émile repose. Les yeux clos, il navigue sur une mer tranquille. Elle lui donne un visage pacifié et ce sourire discret qui vogue sur ses lèvres. Il glisse dans ce paysage que l'on se fait d'une mort tranquille, lorsqu'on entend cette phrase: « Il est mort en paix. » Délicatement, sans faire de bruit, je m'assois sur les marches qui descendent au lac. Mathis n'a pas bronché, à peine a-t-il ouvert l'œil. Tout comme son maître, il est perdu dans son monde intérieur. Au bout d'un moment, le cellulaire de Charles-Émile vient rompre cette félicité.

— Ah ! tu es là ?

— Je vais répondre.

Je reviens avec son portable, un appel de Marielle.

Je le laisse en sa compagnie téléphonique et descends vers la rive. Le chien retrouve sa vitalité, court dans les roseaux à la recherche de grenouilles qui sautent prestement pour lui échapper. J'entends rire Charles-Émile et me retourne pour le voir gesticuler à mon intention. Je reviens vers la maison au moment où il termine sa conversation.

— Je t'embrasse… ok… D'après Marielle, ce fut pas mal réussi ?

— Un franc succès, dis-je, en lui faisant la bise. On dirait que ça va mieux ce matin ?

— Et comment ! J'ai presque fait le tour du cadran.

Je lui raconte la soirée, le décor de la Galerie, l'intérêt pour ses toiles, les invités.

— Mon fils était là et sa femme l'accompagnait ? Un événement ! Très rare.

— Oui. Je lui ai donné de tes nouvelles et l'ai rassuré.

Charles-Émile se contente de sourire et j'ai le sentiment que son instinct perçoit mon malaise. Pour changer de sujet, je reviens sur la vente de la galerie, à laquelle il ne m'a jamais répondu.

— Tu as payé la différence pour permettre à Marielle d'acheter, n'est-ce pas ?

Une fois encore, il me répond d'un sourire énigmatique, mais ajoute tout de même :

— La vente du tableau de *L'église de l'Angélus* me permet, disons, de me faire plaisir…

— Tu l'as vendu ? dis-je surprise.

— Pour l'instant, je l'ai toujours en ma possession, mais les papiers ont été signés la semaine dernière quand le conservateur du Musée des beaux-arts est venu pour confirmer son authenticité. Je prévois de partir pour la France sous peu afin d'aller en faire la livraison moi-même au musée de Barbizon.

— C'est lui qui en fait l'acquisition ?

— Absolument !

Cette nouvelle me laisse sans voix. La perspective de voir mon voisin se départir du fameux tableau et assurer lui-même la livraison conclut, en quelque sorte, cette singulière histoire qu'on pourrait croire d'inspiration romanesque, mais qui en réalité ne l'est absolument pas. Charles-Émile devine très certainement ma pensée, puisqu'il vient s'agenouiller devant moi et prend mes mains dans les siennes.

— Ne t'en fais pas… ça va aller.

— Qui t'accompagne là-bas ?

— J'ai pensé demander à Marielle.

— C'est une excellente idée.

Je ne prolonge pas ma visite. L'annonce de cette nouvelle m'a laissée dans un curieux mélange d'allégresse et de tristesse. Comme s'il devinait mon désarroi, Mathis m'accompagne vers la prairie. C'est la toute première fois que je le vois abandonner son maître et s'aventurer au-delà des limites du *Petit Verger*. De loin, Charles-Émile me fait signe de le laisser agir à sa guise. Je me mets à courir, le chien à mes trousses, une joie soudaine nous portant tous les deux.

Malgré l'interdiction formelle de son médecin d'entreprendre un voyage avec un système immunitaire aussi affaibli, mon cher voisin, une fois de plus, n'en fera qu'à sa tête. Son existence, il l'a menée ainsi ; des choix parfois discutables aux yeux de certains mais qui, pour lui, répondent au sens qu'il désire donner à sa vie. Il n'a d'ailleurs pas daigné aviser le praticien, préférant, pour se préparer au voyage, consulter une phytothérapeute très efficace. En quelques jours, il va déjà beaucoup mieux. L'appétit est revenu, les marques rouges de son épiderme se sont remarquablement atténuées, la fatigue chronique s'est presque entièrement dissipée. Courageux, déterminé, il a repris du poil de la bête, et ce, grâce aux potions préparées par sa nouvelle sorcière, comme il l'appelle, et qui, paraît-il, possède quelques secrets de guérison holistique. Désormais, lorsqu'on franchit le seuil du *Petit Verger*, on a la curieuse impression de pénétrer dans l'antre d'un chaman : des bouquets d'herbes sauvages sont suspendus aux poutres de la cuisine et, sur le comptoir, de nombreuses jarres s'alignent contenant noix, graines, racines, algues, fleurs de toutes sortes. Je ne m'y connais pas beaucoup en ce domaine, mais force est de constater que l'énergie chez mon ami a refait surface.

Ce projet de voyage en France suscite chez lui une effervescence nouvelle. Maintenant, il peint des heures sans se fatiguer. Je continue d'aller lui rendre visite presque quotidiennement et je le vois vivre son voyage par anticipation. Il est devenu fébrile. Il éprouve enfin une joie absente depuis trop longtemps.

Alors que Charles-Émile vit une renaissance, que Marielle entreprend une nouvelle aventure qui la comble artistiquement et affectivement, moi je suis en panne d'inspiration. Le départ prochain de mon voisin pour Barbizon a mis un terme à ma quête. Je tourne en rond dans ma maison. Pendant des heures, je sors de mon texte pour répondre aux courriels, planifier la saison littéraire : les conférences, les lectures publiques de mes œuvres, les déplacements pour les salons régionaux du livre. Mon directeur littéraire s'est décidé à rompre mon silence et est venu me rendre visite. Je lui ai lu certains passages de mon manuscrit et, comme à chaque fois, il a les mots d'encouragement qui me font poursuivre mon travail. Pour sortir de ma panne d'inspiration, il me conseille de ne pas m'en faire et de continuer à arpenter le chemin, la prairie, la forêt où je dénicherai certainement l'idée qui m'échappe. Il me recommande de demeurer dans cette contemplation silencieuse qui redonne à chacun sa propre voix.

Un rideau de brouillard ceinture la maison ce matin. On ne voit rien au-delà du lac. La vallée et la montagne disparaissent dans la brume opaque. Seul un héron solitaire a élu domicile sur le rocher qui surplombe le plan d'eau. Je l'observe avec attention avant qu'il ne reprenne son envol majestueux, les ailes déployées dans un mouvement lent et gracieux. À part cette présence, tout est immobile. Rien ne frémit. Pas une feuille ne se balance, aucun frisson sur l'eau, ni chant de criquet ou d'oiseau. Que le tic tac de l'horloge, le ronron du réfrigérateur, la rumeur sourde de mon cœur. Solitaire.

Je retourne au lit.

Je songe que je traverse un passage à vide. J'ai peur. Peur de faire face à la réalité de la mort de Charles-Émile. Omniprésente, celle-là. J'ai peur de sa mort, car elle continue d'éveiller toutes les autres. Celle de mon père, celle de mon fils, celle de mon très cher amour. Le départ prochain de mon nouvel ami ranime les plaies anciennes. Les draperies sombres du deuil se préparent à me recouvrir à nouveau. Je ne veux pas raviver la perte, la douloureuse absence. Il me faut m'armer de courage. Si la vie m'a placée dans le paysage de Charles-Émile, elle devait savoir ce que j'avais à y faire !

La *Moïra* nous a choisis pour faire cette dernière promenade, côte à côte. Je ne dois pas me désister.

La brume se dissipe enfin et mon cœur s'ouvre comme par enchantement. Tout comme l'humidité sur les champs, ma crainte s'évapore. Je me hisse sur les ailes du héron et me laisse porter vers le large du ciel, au-dessus des arbres qui s'agitent doucement.

Nous nous posons sans bruit au bord du plan d'eau du *Petit Verger*. Mon voisin dort encore. Par la porte-fenêtre demeurée entrouverte, je vois les rideaux se balancer dans le vent tiède du matin. Je m'approche et, sans pudeur, je risque un œil dans la pénombre de la chambre. Le lit est vide. J'entre. La chambre a été entièrement dépouillée de ses meubles, mis à part le lit abandonné au centre de la pièce. La fresque de *L'église de l'Angélus* a disparu ainsi que le tableau représentant Marco et son fils. Dans l'espace flotte un halo de lumière diffuse, comme si l'âme de Charles-Émile avait déserté les lieux, laissant une traînée lumineuse, l'empreinte de son passage en cette maison.

Ai-je donc rêvé toute cette histoire ? Ai-je donc inventé *Le Petit Verger ?* Ai-je imaginé cet homme solitaire qui peint sans relâche, essayant de survivre à la mort qui rôde ?

Je m'avance dans le petit couloir qui mène à la partie avant de la maisonnée et là encore ont été effacées les fresques aux sujets bucoliques. Plus aucun mobilier. Seule la lampe Tiffany dispense des éclairs de lumière mauves et bleus. Aucune trace de l'atelier. Pas même une odeur de peinture ou de térébenthine. Étrange... Je monte à l'étage pour vérifier si les meubles que j'ai prêtés à mon voisin sont toujours en place. Tout est demeuré tel que nous l'avons aménagé : la berceuse rouge, le vieux coffre, la lampe à l'huile, ma photo encadrée... Du bruit au rez-de-chaussée me sort de ma consternation et je me précipite au bas de l'escalier pour me retrouver face à Noémie qui balaie le plancher. Surprise de la trouver là, je remarque que son ventre a soudainement pris beaucoup d'ampleur pour ses quatre mois de grossesse. Elle ne semble pas surprise de me voir, me sourit et continue de vaquer à son ménage.

— Charles-Émile est parti ? Il a déménagé ?

Noémie me dévisage sans répondre. Comme par magie, sa présence s'évanouit et je me retrouve seule au milieu du salon. Prise de panique, je sors sur la terrasse pour apercevoir au loin, près de la vieille grange, un grand feu s'embraser. Mais... C'est lui qui s'affaire à jeter dans les flammes... ses toiles ? Tous ses tableaux ? Ils disparaissent dans le feu !... je m'approche et constate qu'il s'agit entre autres des reproductions de *L'église de l'Angélus* que j'avais découvertes un jour dans la grange. Mon voisin s'est assis sur une bûche et contemple ce brasier dont les flammes virent au mauve, au bleu, au vert. La peinture crépite sous la chaleur et lance des tisons de feu ardent. Il semble ne pas me voir, comme si le bûcher de ses œuvres faisait écran à ma présence. Je reste là, abasourdie, impuissante à arrêter le déroulement de ce cauchemar...

Je m'éveille confuse, les draps épars, le corps brûlant. Lentement, je remonte le cours de mon sommeil... voilà... je me suis rendormie et j'ai fait un rêve, un très mauvais rêve. Je me lève un peu chancelante et, passant devant la fenêtre, j'aperçois le héron bleu, toujours posté près du lac et qui soudain prend son envol.

Un soleil blanc perce une nuée de petits cumulus qui rident l'horizon comme si la marée s'était retirée ne laissant que des moutons qui broutent l'azur. Paysage céleste qui s'offre à la terrienne embrumée que je suis en ce début du jour. Une baignade au lac. L'une des dernières, puisqu'elles sont comptées. L'eau, de jour en jour plus froide, me procure instantanément les bienfaits dont j'ai besoin pour me remettre d'aplomb, après cette nuit mouvementée.

Chaussée d'espadrilles, une casquette sur le chef, j'attrape une veste, un bâton de marche et je quitte la maison. Pas d'écriture ce matin. Besoin de contemplation. Pour nourrir une écrivaine écartelée dans l'enchevêtrement de la fiction et de la réalité. J'emprunte le chemin qui traverse le flanc du plateau où j'habite et pénètre dans la forêt pour descendre jusqu'au sentier qui longe la rivière. Je remonterai enfin deux kilomètres plus loin vers l'érablière et la pinède qui débouche sur la prairie où pacagent, du matin au soir, mes voisines rousses, beiges et noires.

Je marche d'un pas prudent sur le sentier cahoteux, parsemé de cailloux de rivière. L'air frais se parfume par endroits d'odeurs sucrées et toute la vie s'est donné rendez-vous en cette forêt qui embaume. Des geais bleus viennent se poser sur les branches d'érables qui déjà se colorent et les talles de bouleaux déroulent leurs parchemins sur lesquels, adolescente, j'aimais écrire des poèmes.

Je m'arrête un instant pour goûter le vent... l'écouter siffler dans les maigres épinettes. Et je reprends ma marche solitaire, traverse la pinède comme si j'avançais sous les voûtes d'une basilique. Me voici maintenant aux abords de la prairie dansante qui me ramène sur le chemin où je vois venir vers moi un quatuor que je reconnais immédiatement : la princesse à l'aura orangée que dessinent ses vêtements nouvelle saison, Charles-Émile coiffé de son béret à carreaux et vêtu de sa sempiternelle veste de laine rouge, tous deux accompagnés de Mathis et Yukon qui gambadent jusqu'à moi.

— Bonjour mes beaux toutous.

Les chiens se poussent mutuellement pour recevoir mes caresses. Je lance mon bâton rustique et les bêtes partent en flèche, se bousculant pour le saisir et me le rapporter. Mes amis, la mine heureuse, m'ont rejointe.

— Alors, les fiancés de Barbizon, dis-je pour les taquiner, vous partez quand exactement ?

— Vendredi prochain, vingt heures ! répondent-ils en chœur.

La vue de leur bonheur efface toute trace du mauvais rêve que j'ai fait la nuit dernière et je les invite à se joindre à moi pour le petit-déjeuner.

— Pas question ! c'est nous qui t'invitons.

Nous faisons demi-tour et ils m'entraînent en direction du *Petit Verger*. Lorsque nous arrivons à la hauteur de la maisonnée, quelle n'est pas ma surprise de voir, disposés sur le terrain, le vaisselier, la causeuse de cuir, le mobilier de la salle à manger et d'autres objets que Renaud et Noémie transportent hors de la maison et installent dehors.

— Nous faisons une vente de débarras en fin de semaine. J'ai décidé de me départir de la majorité de mes biens. À mon retour de voyage, je meublerai la maison autrement. J'ai besoin de changement, de faire table rase du passé.

— Fini le mobilier de condo dans une maison de campagne ! ponctue Marielle en riant.

— La maison désormais fera honneur aux antiquités que tu m'as prêtées.

Charles-Émile m'a dit cette phrase en m'enlaçant par l'épaule affectueusement. J'ai l'intuition qu'il en sera autrement.

— Viens.

Je jette un coup d'œil vers la grange. Juché sur le toit, silhouette altière, le héron bleu confère au paysage une impression de déjà-vu...

C'est bien l'échassier de mon rêve, le messager des événements qui s'annoncent pour *Le Petit Verger*. Je pressens la fin. Imminente.

Mes amis me précèdent vers le patio où la table a été dressée. Pendant que Marielle s'affaire aux derniers préparatifs du repas, je reste à contempler ce panorama en compagnie de mon voisin comme nous l'avons fait si souvent : l'étang chante, la montagne bleue se tait, la vallée de l'Homme de l'Est dort encore dans son châle de brume.

Le retour de Marielle avec les fruits, le fromage et les croissants meuble ce silence que ni Charles-Émile ni moi n'avons eu besoin de rompre. Ce silence, entre nous, fut toujours plus éloquent que bien des paroles.

Dans la douceur infinie de cette matinée de septembre, nous partageons ce dernier repas, Charles-Émile, Marielle et moi.

À ma demande, on a tout installé sur la petite estrade : une bergère, un guéridon, un paravent et une torchère ; un décor inspirant qui facilite la rencontre et donne un ton plus intime à ma conférence. Surtout celle-ci, qui se déroule dans un cadre particulier, puisqu'il s'agit d'un congrès sur le thème du deuil.

Que nous laisse celui qui meurt ? Comment vit-on l'absence ?

Comme il s'agit du thème de mon nouveau récit, j'ai apporté mon manuscrit afin d'en lire un passage. C'est les mains tremblantes que j'ouvre le cahier.

Une fine pluie d'été commence à tomber. La vallée s'embrume. Un homme dort, couché en boule au pied d'un chevalet. Épuisé...

Les premières mesures du « Cygne » de Tchaïkovski viennent ponctuer ce dernier mot... C'est un violon !

Surprise, je relève les yeux… mais que fait-il ici ? Telle une apparition, je le vois s'avancer vers moi, la tête penchée sur son instrument. Sa main gauche est comme l'aile d'un cygne qui frissonnerait sur les cordes de l'instrument. Il en sort un tel vibrato, d'une telle mélancolie ! Ma pensée s'envole vers Charles-Émile à Barbizon qui joue, en ce moment même, l'une des partitions les plus vibrantes de son existence. Ainsi accompagnée, je dirais presque « surnaturellement » par son fils, émue, dans une sorte d'état second, je poursuis ma lecture…

…Épuisé, vidé, meurtri. La sève s'est retirée de lui. Immobile, il attend. Il espère. La mort. Qu'elle vienne le surprendre avant qu'il n'ouvre les yeux. Qu'elle le prenne avec délicatesse pour le porter sur l'autre rive, là où s'élève une église qui sonne l'heure du départ…

Après la conférence, j'ai signé des autographes sur quelques-uns de mes ouvrages et nous avons pris la route ensemble. Comme je dois revenir dans la métropole demain, Mathieu a demandé à m'accompagner, prétextant devoir aller chez son père chercher des effets laissés pour lui. Au cours du trajet, j'apprends que Charles-Émile, au courant de mon intention de lire un extrait de mon prochain roman, a orchestré cette mise en scène pour le moins surprenante. J'en suis encore toute chamboulée alors qu'assis côte à côte, nous roulons en direction de la campagne.

Le jeune homme me parle de son père ouvertement, avec admiration et sollicitude. Sa voix tranquille et chaleureuse évoque certains souvenirs d'enfance, comme s'il avait besoin de s'épancher. Un lien inaltérable, me dit-il, l'unit à son père, un lien que rien, pas même la mort, ne pourra rompre. Le jeune musicien se confie également sur sa relation à sa mère, à Marco. Il a été un enfant aimé, choyé. Curieusement, de la compagne de sa vie, il ne dit mot. Une heure plus tard, nous prenons l'embranchement de la route de terre qui mène d'abord au *Petit Verger* où je le déposerai.

Sa présence me trouble toujours.

À peine sommes-nous stationnés, il m'invite à entrer pour me donner quelque chose que son père a préparé à mon intention. Je descends de voiture comme hypnotisée, prête à le suivre. N'importe où. La nuit étoilée, presque glaciale, m'enveloppe d'un frisson. Son bras, tout naturellement, enlace mon épaule alors que nous franchissons, muets, soudés l'un à l'autre, les marches du perron. Cela me paraît étrange de pénétrer chez mon voisin alors qu'il est absent. Je n'éprouve pas d'appréhension, mais une certaine gêne à me retrouver dans cette maison désertée par le père, en compagnie du fils. Il me précède pour allumer la Tiffany sur la table de marbre près de la fenêtre. À part ces deux pièces de mobilier, la maison est pratiquement vide, mon voisin ayant vendu de nombreux articles lors de sa vente de débarras.

— Tenez c'est pour vous.

Sa main m'indique une enveloppe posée sur le socle de la lampe. Dans la lumière translucide des iris, je lis :

Chère écrivaine,

Je te laisse ma Tiffany pour éclairer tes aubes noires d'écriture. Je te laisse aussi mon lit, si tu préfères dormir ici cette nuit.

Laisse-toi aimer.

Ton voisin, Charles-Émile.

P.-S. : Prends bien soin de Mathis pendant mon absence. Je compte sur toi. Bisous.

Je repose la lettre sur le socle et regarde le jeune homme qui revient de la chambre. Sans hésitation, son corps, que j'ai tant désiré, vient se souder au mien dans un baiser profond qui chavire tout mon passé.

Me voilà emportée dans la tempête tropicale qui se lève, mes souvenirs sont déracinés, mes chagrins balayés, mon désir embrasé.

Avec fougue, ses mains me déshabillent. Ma peau brûle dans la nuit qui s'allume. Des fleurs d'iris tournoient dans le fond noir. Je vacille. Mon cavalier me rattrape et nous roulons sur le sol, fondus l'un dans l'autre. Frissonnant, le voilà sur moi. Je halète comme une bête et me laisse prendre.

La silhouette élancée se cambre, sa chevelure noire balaie l'espace. Et nous partons dans la musique de nos souffles pour la longue chevauchée de l'amour.

Que j'aime ce visage inondé de sueur ! Et toutes les larmes qui me viennent.

Peu à peu, un air familier me ramène au monde. C'est un violon qui chante.

Dans la chambre blanche, couchée en travers du lit, j'aperçois par la porte-fenêtre la barre du jour qui se lève. Toute rose. Je distingue sa silhouette de profil. Les mains amoureusement posées sur l'instrument, il joue le « Cygne » du grand Tchaïkovski. Désormais, cet air me rappellera toujours cette nuit d'amour.

Je referme les yeux pour retrouver dans la virtuosité de ces doigts les caresses de la nuit, celles qui ont arpégé mon corps et mon âme. Des images défilent sous mes paupières closes. Je revisite les lieux passés de mes amours. En particulier ceux, fugaces, de ma jeunesse que l'art de Mathieu a fait ressurgir. L'amoureuse passionnée et romantique, que j'ai été en ces lointaines années et que j'avais oubliée, la nuit dernière s'est ranimée. Me voilà enfiévrée dans l'aube naissante où ma chair frissonne et en redemande.

Reviennent aussi les instants de bonheur partagés auprès de mon très cher amour ; nos siestes amoureuses dans les après-midi d'été, les chevauchées heureuses qui nous laissaient repus et comblés. Mémoires affectives, instants qui émanent de ma chair, autant de parfums qui me grisent. Mais soudain l'écran s'assombrit. Les images de l'absent couvrent mon front et le visage aimé se perd. Je revois les heures de solitude oppressante, les semaines de divagation, les mois de hurlement intérieur… puis la vision du *Petit Verger* s'impose et le sourire de mon voisin ramène la paix et fait taire le délire.

Quand j'ouvre les yeux, la fresque m'arrache un cri.

Le fils de Charles-Émile arrive en courant pour me trouver tremblante.

— Regarde, dis-je, ton père a signé sa fresque et la date… regarde la date… 13 septembre 2006… nous sommes le 13 septembre…

Instinctivement, ma main se porte à mon cou pour s'emparer du *milagro*, de mon « petit miracle », ce bijou que m'a offert Charles-Émile et qui est devenu mon porte-bonheur. À cette minute où j'espère un miracle, la sonnerie d'un téléphone vient nous surprendre. Je reconnais la mélodie du cellulaire de Charles-Émile… D'un bond, je suis dans la cuisine, je me saisis du portable laissé sur le comptoir

— Allo ?

— Ah ! Ma Loulou, je pensais bien te trouver là.

— Marielle ! Comment ça va ? Je suis contente que tu appelles. Où êtes-vous ?

— Nous sommes à l'Hôtellerie du Bas-Bréau, à Barbizon.

— La transaction avec le Musée s'est bien déroulée ?

— Très bien, mais ils sont vraiment estomaqués que le vendeur de la gravure porte le même nom que l'artiste… ça, ils n'en sont pas revenus… et…

Sa voix tout à coup se fait enrouée, plus hésitante. Je sens bien que ma princesse n'est pas comme à son habitude, enjouée et drôle. Elle est étonnamment posée et trop précise dans son récit des détails de la transaction pour que cela ne me mette pas la puce à l'oreille. Quelque chose d'infiniment plus important se passe. Je pressens...

— Et Charles-Émile, comment se porte-t-il ?

Le silence au bout du fil me laisse présager ce que j'appréhende depuis des mois. Je glisse par terre, dos contre le mur de la salle à manger, vide, le cellulaire collé à l'oreille... j'écoute... j'assiste au dernier acte... Je n'ai jamais rien vécu de tel.

Il est confortablement couché dans un grand lit de bois sculpté. Sa tête repose sur l'oreiller blanc. Marielle tient sa main pendant qu'elle me parle d'une voix douce, comme si elle confiait à un enfant que son papa doit partir... Elle me décrit son visage au front serein, aux paupières closes... sa respiration de plus en plus lente...

— Je suis avec Mathieu, dis-je, en retenant mes larmes.

— Je vais le lui dire, il sera content. Il espérait que cela se déroule ainsi... je te laisse, ma Loulou... Charles-Émile... n'en a plus pour longtemps... je te...

La communication est rompue. Je reste pétrifiée, le portable s'échappe de ma main et tombe sur le plancher. Mathieu s'accroupit devant moi. Je distingue vaguement ses traits embrouillés par mes larmes. Je tremble de tout mon être. Je suis un arbre secoué dans la tempête. Mon chagrin a la force d'un torrent qui se déverse et dont l'eau envahit l'espace de ma vie. Vite un radeau avant que je ne me noie dans les eaux noires de la mort.

La main ferme du jeune homme m'a saisie et ses bras me portent sur le lit qui dérive… je hurle le nom de Charles-Émile… Émile… Émile… dans un rugissement. Je divague…

À mesure que l'eau monte, la fresque se dissout peu à peu dans un remous trouble. Recroquevillée, au mitan du lit qui flotte, une dernière image viendra me sauver du naufrage.

Sur l'autre rive, la silhouette de Charles-Émile me fait un signe de la main avant de disparaître sous le porche d'une église, au moment où sonne l'Angélus de l'amour. À son bras, une femme vêtue de blanc.

Cher Voisin,

J'ai toujours su que tu orchestrerais toi-même ta dernière partition. Que tu quitterais cette vie quand tu saurais ton parcours achevé. Tu as jugé préférable de m'épargner tes derniers instants. C'était sans doute mieux ainsi. Marielle était celle qui devait t'accompagner dans cette ultime traversée. Ce fut un privilège pour elle.

Dans les mois qui ont suivi, j'ai continué la rédaction de mon roman, qui vous rend hommage à vous qui m'avez inspiré ces saisons pour… écrire, aimer et partir. Toi l'artiste, ma princesse et mon cher amour.

Je n'ai pas revu Mathieu. Je me demande même si je n'ai pas fabulé.

Je vis toujours en mon Sanctuaire, Mathis à mes côtés. Il va fouiner tous les jours au *Petit Verger* que Marielle a loué. Et je t'annonce que dorénavant elle conduit une vieille « minoune » rose et verte !

Il y a quelques jours, au milieu du petit verger, Renaud a planté un jeune pommier pour célébrer la naissance de leur petite Rose dont Noémie vient d'accoucher. Elle leur portera chance. Tout comme la rose d'hiver que tu m'as donnée.

Ce matin, dans la mousse printanière, sous les arbres de la chapelle, j'ai creusé un trou profond et j'y ai déposé le coffret contenant les cendres de mon seul amour. J'ai dit adieu.

À Charles, Émile, Jacques.

REMERCIEMENTS

À Pierre Desmarais, pour son « voisinage » empreint de respect et de confiance.

À Danielle Laberge, pour sa présence affectueuse et colorée.

À Jacques Hébert, mon cher Amour, pour cette vie à deux dans le partage et la complicité amoureuse.

À Jacques Allard, mon ami et directeur littéraire, pour son accompagnement indéfectible et dont je ne saurais me passer.

Et à toute la grande famille des Éditions Hurtubise HMH qui sait si bien accompagner l'écrivain dans chaque étape qui mène à la naissance d'un livre.

PROTÉGEONS
NOS FORÊTS

Ce livre a été imprimé sur du papier 100 % recyclé
sur les presses de l'imprimerie Lebonfon, Val d'Or, Québec.
Réimpression août 2007.